异想世界

爱，童话

葛钟琦／著

文汇出版社

图书在版编目（CIP）数据

爱，童话 / 葛钟琦著. -- 上海：文汇出版社，
2018.8
ISBN 978-7-5496-2700-4

Ⅰ.①爱… Ⅱ.①葛… Ⅲ.①剧本－作品集－中国－
当代 Ⅳ.①I230

中国版本图书馆CIP数据核字(2018)第176513号

爱，童话

作　　者 / 葛钟琦

责任编辑 / 熊　勇
装帧设计 / 张　晋
插图绘画 / 依　珊

出版发行 / **文匯**出版社
　　　　　上海市威海路755号（邮编200041）
经　　销 / 全国新华书店
印刷装订 / 上海中华印刷有限公司
版　　次 / 2018年8月第1版
印　　次 / 2018年8月第1次印刷
开　　本 / 890×1240　1/32
字　　数 / 120千
印　　张 / 6.75

ISBN 978-7-5496-2700-4
定　　价 / 48.00元

序
那一抹阳光

今夏，"安比"风球从崇明岛的陈家镇登陆，一路呼风唤雨。那天我从古镇金泽回来，到上海的时候雨停了，如墙似的阵风还在刮着，空气从未有过的纯净。被洗刷过的魔都更显伟岸峻拔，此刻我的心情也是愉悦的。

回到家里，手机响了。电话的那一端是我多年的同事葛镇庆，告诉我他的女儿葛钟琦最近要出版一本小说剧本专辑《爱，童话》，要我为书作序。书稿已经快递在路上，不由你推辞，事情就这样定了。小说剧本我素无研究，如何评说，心情不由的又沉了起来。

记得2016年6月19日的下午，我去新锦江大酒店白玉兰厅参加过葛钟琦新书朗诵会。那天作家叶辛、诗人赵丽宏、金牌编剧王丽萍、电视台台长高韵斐等都来了。翻着手中近十万字的散文集《爱，如此》，听着葛钟琦一抹心痕的演讲，不禁为她沉稳浓郁的才情所感动。人成长得真快！这使我想起十几年前，葛镇庆在报社和媒体集团担任办公室主任，每天总是先我一小时前到办公室，将一天的安排整理得有条有理。一年四季，天天如此。记得我曾经问他每天这么早，家事不理吗？他告诉我，大清早起来，先将女儿送到学校后便径直赶来办公室。这样的接送十几年如一日。故在我的印象中，葛钟琦就是一个娇弱的女孩子，腼腆而机灵的少女，总是乐呵呵的，享受着父母慈爱的滋润。我当时就心生疑惑，这样的女孩将来能自立吗？

长者对幼者的疑虑实际上就是一种代沟。年轻人的生存状态和人生追求往往是常人始料未及的。葛钟琦有她的梦想和人生规划。她先后去上海戏剧学院、上海电影艺术学院深造，之后参演了多部话剧、情景剧、电视剧。演员、主持人、作家，她一步步地在接近人生坐标。刚过而立之年，一部专集接一部专集的推出，这需要多大的付出。在《爱，童话》的专集中，葛钟琦用清纯的文笔铺陈青春的心路，直抒胸臆，情怀激荡：有梦想、有追求、有感恩、有彻悟。笔下常有利落的自白，深沉的警言，刚柔相济的情怀，洒脱不拘的爱憎，正因为此，文笔自然也流畅许多，无矫揉造作之嫌，更无平庸刻意之匠气。

和前一本散文集不同，这本以小说和剧本为主的专集，显现了葛钟琦生活的沉淀和思维的成熟。而立之年，思想的碎片，通过组接和整合，已经形成了一幅幅完整的画面。读懂了人生的悲欢离合，看透了世间的功名成败，葛钟琦在并不复杂的故事情节中，描写了人物的复杂心理。旧式文人笔下的缠绵，现代女性的明快和决绝，在她笔下通过内心独白，随手拈来又颇具张力。大时代的背景，个性化的语言，人物的命运轨迹，都打上了社会的烙印。在小说《找到你……》中，葛钟琦大胆布局，在大跨度的时空转换中交待人物的过往、性格成因，从而达到拷问人生的效果，使读者听到了对人性复苏的呼唤，对爱的想往与追求。正如她在另一篇《编演心声》中所引用的道白："有些情，会随时间慢慢消逝，有些回忆，会因光阴渐渐沉淀，而有些人，就如落入大海的一根针，会伴着岁月隐隐作痛……"

葛钟琦的创作，立足大时代，坚持从身边的小社会入手，从熟悉的职场、家庭、情侣、学校生活挖掘开去，伤感中见得达观，挫败中不失追求，混沌中不失定律。向人们传递了一种正能量。同时也要看到因为年轻，生活阅历有限，取材仍有局限，但我们有理由相信，随着时间的推移，阅历的丰富，题材的广泛性和人物的多样性，一定会在她的作品中得到体现。只要不放弃。

顾行伟
2018年7月29日

目录

1

爱，童话

第一章 相遇

绿意盎然的树林，总是极富生命力。夕阳柔和的光芒，亦将每片叶子都镶上了金边。只是这个林子本就人烟稀少，黄昏时分就更显寂寥，但春天的气息仍然让它显得生气蓬勃。

钟爱漫无目的地走在林间，灰暗的神情与她所处的位置格格不入。其实钟爱很漂亮，惊艳也耐看。她有着一双迷人的眸子，第一眼见到她的人都会发出这样的感叹。可令他们同时感到惋惜的是，那双美眸总是覆盖着一层冰霜。高高的鼻梁樱桃小口，圆圆的脸蛋有着一个小尖下巴，配上白皙的肤色；不算高挑却苗条的身材比例相当匀称，微微自然卷的及肩黑发，总肆意变幻着各种发型，倒是令她增添了几分可爱和活泼。就像个芭比娃娃，不同的是——这个芭比没有笑容。

来这片小树林报到，是钟爱每天的必修课。喜欢小树林带给她的安逸和寂静，似乎也只有在这里心情才变得豁然开朗，完全没有压抑，才能找回最放松的自己。可是这几天走在这儿，却莫名地少了原先的平静。女孩的第六感总是很强。钟爱不安

1

地回头看看,确定身后只有两旁茂密的树木和走过的幽静小路,才继续漫步。可是没走出几步,两个面目狰狞的家伙便不知从哪里蹿出,挡住了钟爱的去路。

"小姐,知不知道长着你这样的脸,就不该一个人在这树林里晃悠。很危险啊!"两个匪徒边说边逼近钟爱。匪Ａ更是出手捏起了钟爱的下巴。"别碰我!你们想干嘛!"钟爱奋力甩开他的手,下意识地往后退了一步。可后面却是一株粗壮的树干——无路可退了。用愤怒来佯装镇定,可依然掩盖不住眼神里的惊恐,打转的泪水已快要决堤。深吸一口气决定使出最后一招:"我警告你们,如果我少了一根头发,我爸爸决不会放过你们!他会把你们投进监狱,让你们生不如死!"匪Ｂ露出邪恶的面容:"哈哈,生不如死?哎哟,我好怕呀!那我们就先让你这小美人尝尝这种滋味!" 顺势抓起她的手臂。怎么办?怎么办?有谁可以来救我?混蛋!挣脱不开……钟爱一面乞求着命运的眷顾,一面奋力地挣扎着企图甩脱他的烂手。

忽然响起一声"放开她!"严厉的语调只闻其声,不见其人。三人同时抬头寻找声音的来源,可是什么也没有发现。"我说,放开她!"又一次隔空传音,语气却是比先前更为愤怒。确信声音是从身后传来,趁着恶徒错愕之际,钟爱回头才见到声音的主人。那是一个……很漂亮的男生。虽然因为生气使他的脸有些僵硬,却依旧掩饰不住他的帅气。他有着一双如同天使般纯净的眼眸,虽然现在的情形使它放出的光芒冰冷到可以冻死人。两个匪徒一见只是一个男生而已，刚才的疑惑便一扫而光，立马换上一副凶横的表情威胁道：

"小鬼！破坏我们的好事，你会有很大麻烦！"

"为何总有这种肮脏的人呢！真该给你们一些教训！"愤懑的语气吐露他的心情已坏到极点。恶徒当然听不得他这么说，向他逼近一步。匪B用几近龌龊的声音嚷道："臭小子，不给你点颜色瞧瞧，都不知道天高地厚！"钟爱的心紧张得怦怦直跳，欣喜又害怕。欣喜自己的祈祷竟然让奇迹发生了，可也害怕他不是恶棍的对手。深吸一口气只能静观其变。匪A抡起拳头就向男生砸去，只见漂亮男生一个闪身轻松躲过袭击，身体下压忽出拳直击对方下颚，勾拳将匪A击退数步之远。回身迎战飞扑上前的匪B。正当他专心阻挡匪B杂乱无章的进攻时，匪A拔出怀里的小刀，眼看就要向他刺去，钟爱惊声大喊："小心！"只见他飞起一脚踢远匪B，身子避开刺来的小刀，回手抓住匪A的手臂，折弯他的手腕，令他在"嗷嗷"呼痛中松手刀落；一脚击中他的肥臀，令他踉跄向前扑倒了刚要站起身的匪B。两栽倒于地的匪贼迭声讨饶。那男孩的身体却在此时因极端气愤散发出耀眼的光芒。钟爱下意识地避开那刺眼的亮光。紧接着从他的身后似乎伸展出一双白色的物体。两个匪徒一见这情形以为遇上了怪物，吓得七魂飞走了三魄，争先恐后从地上爬起，嘴里喊着"妖怪"逃得无影无踪。

那耀眼光芒渐渐从他身上褪去，钟爱才看清那双白色物体

3

仿佛是与他身体相连的……但随着亮光隐去，那对物体也渐渐消失。钟爱将原本就水汪汪的大眼睛瞪得比往常更大，不敢相信这是真的，偷偷捏一下自己——好痛！才不得不相信这一切确实发生了。接二连三的事情让她有些招架不住，双腿因为这些突如其来的害怕有些发软，终于支撑不住渐渐下沉的身体。突然觉得被一股温暖力量包围着，回头一看，是那双清亮的眸子和令人安心的笑容。原来他早已箭步冲到钟爱的身旁，扶住了她。"你没事吧？"温柔的语气将处于定格状态的钟爱拉回现实，意识到自己的狼狈，赶忙用还在微微颤抖的双腿站直身子面对他。"你还好吧？"又是温柔语声。将仅存的力气积于头部，钟爱给了他一个肯定的答案。"你可以自己回去吗？"不变的语气继续耐心询问。再次用动作回答他。还有些懵懵的钟爱机械地想转身离开，忽然一阵剧痛从脚踝处传来，低头一看，已肿起一大片。是刚才挣脱的时候扭伤的吧？来不及多想本能地俯下身按着患处。"怎么了？"关切的声音带着他走近钟爱身旁，伸手抚上她肿起的脚踝，从他的掌心再次散发出光亮，不再耀眼，而是如同他此刻的眼神一样温柔。好奇怪，竟然不觉得痛了，当他松开手，脚踝已完全消肿。"好了，没事啦。"钟爱再次惊讶不已地看着露出开心笑容、轻声宣布的他。"我还有其他事在身，没法送你回去，趁天色还没暗下，快回家吧！"看着他带着些许抱歉的神情，其实钟爱有很多问题想要问他，但最终只是汇集了身体里恢复的力气和勇气，对着他离开的背影用最大的音量喊道"还可以再见到你吗?"他愣了愣停住脚步，回过身来，微笑着说："如果有机会的话应该可以，快回去吧！"好温暖的笑容，好亲切的感觉。自从妈妈离开后，似寒冬笼罩的心被注入万丈阳光……

望着他的背影，猛然意识到：对了，我还不知道他是谁呢，我还不知道他的名字呢。是会发光的异形？是会长出不明物体的怪物？不！如此温暖安心的"人"，一定是上苍派来的使者。他无论是何种身份都无所谓吧，想见他，一定要再见他……

第二章 心结

自那以后，每每见到天使形状的物品，钟爱总会爱不释手。为此，房间玻璃柜里的水晶摆设都成了清一色天使型，就连窗帘、顶灯、墙纸也换成了印有天使图案的。对于这些变化，钟爱自己都不清楚是怎么了，但有一点是肯定的——想见他的心情无时无刻不在心里发酵。

在这些改变的同时，钟爱每天都会来这片小树林，从清晨一直到夕阳西下，不知疲倦地穿梭在郁郁葱葱的树木之间，只因为想要再见到他。可是他却像人间蒸发似的，任凭钟爱再怎么努力都只是徒劳一场。每天都是满怀希望地去，失望而归。

私家车后座的钟爱静静地看着窗外。总喜欢在车上看着身

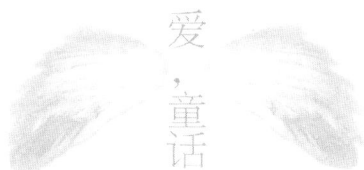

边的景物飞快地被抛到身后，然后慢慢沉浸在自己的世界里。此时的她心里闪现的全是他的身影，但脸上却是没有任何表情。龙看看女儿，似乎有话想说，清了清嗓子："咳，王局长来电话说那两个匪徒已经被缉拿归案了。"意料之中，钟爱没有任何反应。这两年来，在龙和女儿之间总是充斥着难以打破的沉默和压抑。不甘心似地继续道："他们会被关三四个月。"在商界打拼多年的龙偶尔略显疲态，可时间却似乎特别眷顾他，没有在他脸上过多刻上岁月的痕迹，所以很容易便可以猜出他年轻时的俊样。在商界呼风唤雨的龙，早已练就了任何情况都处变不惊的心态。可每每面对女儿总会被愧疚、歉意、疼惜、宠爱、弥补等等复杂感情冲击心扉。

听到父亲的话，钟爱心海浮现当日的情景，匪徒不堪入耳的话语和狰狞面容仍然叫她厌恶，但更多的是对"他"出手相救的回忆，匪徒拔出尖刀刺向他的情形仍然让她后怕。光是想象如果当时"他"为自己受伤就已心痛难耐，转而对那两匪徒更是愤恨至极！"生不如死！"仍然看着窗外，悠悠开口，龙似乎没有听清："什么？"钟爱转头看向父亲，一字一顿："我要他们生不如死。"重复的这一遍，眼神充满冷漠隐恨，收回目光，再次投向窗外。龙心疼女儿遭受的危险，虽然毫发无伤，但本就准备劳烦王局长好好"关照"那两匪徒。可平日素来心善，此时却眼泛狠戾，语出惊人的女儿令他诧异，安抚的语气试探地问道："听说他们被逮捕的时候一个劲儿地大叫，说他们在那个树林里被长着翅膀的人打伤了，而且那还是身体会发光的怪物。小爱，有这回事吗？你有没有……""他不是怪物！"钟爱提高音量，几乎是不由自主地喊出这句话。女儿的反应令龙始料未及，眸中暗潮汹涌却语调波澜不惊，继续问道："怎么，你也见到了？""他救了我，是他赶走了那两个混蛋，总之他不是怪物。"钟爱注视着父亲极力强调，转过头再次望向窗外。沉默刹那笼罩车内。龙抿紧双唇，眼眸里的情绪呈现着脑海中的思绪升腾跌宕，本交叉环于胸前的双臂因思索一手置于下巴，脑中思绪令他一度蹙眉凝目，忽道："下周是你的生日，我知道你不喜欢热闹，但这次是大生日，爸爸替你办个宴会，请些朋友好好玩玩。顺便邀一下王局长和他的儿子，当面谢谢人家。""不需要。"知道父亲后半句话才是重点的钟爱淡淡回答。龙的脸上顿时泛起怜惜和疼爱的神色："小爱，不要总是不开心。爸爸很担心，爸爸没办法常常陪你，这次的Party多结交些朋友吧，或者找个男友也行，快二十岁了，爸爸也不是不开明的老古董。王局长的儿子不错，一表人才身手也好，空手道黑带呢！这次呀就是因为身边没人才会遇到危险，由他陪你的话……""够了吧，谁跟你说我想谈恋爱了？"钟爱气恼地给了父亲一记白眼，脱口而出："想把我踢出去谈恋爱，就没人看着你了是吧？""你胡说八道什么呀？"龙对女儿突如其来的话莫名其妙。"每次去你公司，就见你那小秘进你办公室送个文件，眼神在放电，嘴角在勾人，不论寒冬腊月还是

炎夏酷暑，永远袒胸露背。她当你办公室是游泳池啊！还有你那所谓的红颜知己，拜托你告诉她不要三天两头讨好我、向你献殷勤，行不行？""阿姨只是想关心你。"龙解释道。"真好笑，谁看不出来她是借我关心你！别告诉我你不知道她仰慕你，想取代妈妈的位置？叫她趁早打消这个念头！""永远不可能，没有人能够……"，在眼里快要起雾之时，按下驾驶室的隔音玻璃大叫"停车"，打断了父亲想要解释的话语。钟爱推开门立于车旁，对着后座上已被无奈、懊恼、心伤，还有愧疚等情绪吞噬的父亲撂下一句："你还是先处理好你的那些莺莺燕燕吧，我的感情就不必你操心了。"说完这些钟爱摔门而去。

第三章 怜惜

"妈妈，你在看什么呀？"

"在看爸爸有没有回来呀。小爱也一起吧？爸爸回来看到我们在等他一定很高兴哦。"

……

"小爱，肚子饿不饿呀？再等一下哦，爸爸来电话说马上就回来咯。"

……

"妈妈，为什么爸爸老是不陪我啊，人家小朋友去公园都是爸爸妈妈一起的啊。"

"小爱，不要怪爸爸哦。爸爸在为了我们这个家拼命努力呢。小爱要为爸爸感到骄傲哦。"

"可是妈妈会觉得孤单吗？"

"没有呢，爸爸一有空就回来陪我们呢。而且有小爱，妈妈怎么会孤单呀。"

……

又是这里吗？难怪，似乎心情比刚才稍稍平静了呢。当钟爱从回忆中回过神，才发现自己不知不觉已来到了小树林，觉得脸上凉凉的，原来又流泪了。擦了擦眼泪，呼吸一口树林里独有的清新空气伴着青草的香味。钟爱走到河边，想像往常那样看看河里游来游去自由自在的鱼儿，心境会平和许多。可是，这天的鱼儿似乎没有准备出来迎接她的意愿，都不知躲在何处。钟爱蹲身看着水中自己的倒影。"越来越像妈妈了"，身边的人时常冒出这样的感叹，刚刚擦干的泪水再次涌出眼眶。"妈妈，你到底在哪里？妈妈，我好想你。爸爸和荣妈说你很快就会回来，但两年了，为什么这两年你不在我身边？妈妈，我想和你在一起，妈妈，你到底在哪里……"钟爱喃喃自语地抹了抹眼泪，想要站起身，但蹲身太久腿有些发麻，脚下一滑一个趔趄，眼看就要栽到河里。说时迟那时快，钟爱只觉自己被一双有力的手抱住，然后双脚似乎有些离开了地面，接着是一个一百八十度回转，最后跌进一个温暖的怀抱里。等等，这个怀抱有似曾相识的安

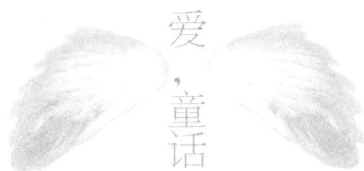

心呢，扭头对上那双清澈的眸子，还有……那朝思暮想的笑脸，是他——"天使"。虽然这些日子里，钟爱每分每秒都有着想要见到他的强烈念头，可是真的遇见的确兴奋，也一时语塞。尤其又以如此戏剧性的方式重逢，钟爱只顾呆呆地看着他，像一个失而复得宝物的孩子，眼里充满了喜悦，令盈于睫的泪再次悄然滑落。

"你怎么了，为什么哭？"又是如此关切的语气。手指温柔地抚上钟爱的脸颊，轻轻拭去那些泪痕。好温暖的感觉，是因为被冰凉的泪水浸湿的缘故吗？明明还在落泪的，可是在见到他的刹那停止了所有悲伤。第一次见到这样的眼睛，有种治愈一切坏心情的能力，也是第一次见到这样的笑容，和妈妈的一样能令人如此安心。钟爱怔怔地看着面前阳光般的温暖笑颜，笑容的主人依旧关切地问："你还好吗？"钟爱轻轻摇了摇头。"出什么事了，可以告诉我吗？或许我能帮你。"看着钟爱欲言又止的模样，"天使"似乎对第一次见面的情形仍心有余悸，"不早了，我先送你回去吧，或许在路上，你可以告诉我到底出了什么事，令我每次见到你都看不到你的笑容。

并肩走在回钟爱家的路上，钟爱像找到一个宣泄的出口，将这两年积压心头的郁郁寡欢全都跟身边的人分享。对父亲的不满、对母亲的思念、不知母亲身处何处、焦急的等待却无任何音讯。当她一路将这些烦闷诉说，已不知不觉到了钟家院门前。钟爱意识到又该说再见了，回头看着"天使"。"钟爱。"

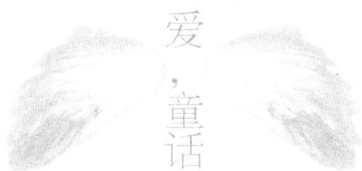

天使开口叫出了她的名字。钟爱有些愕然地抬头望了他一眼显现着惊讶，却因为他黑白分明清澈瞳仁的注目羞赧地低下头，难掩双颊悄悄浮上的红晕。"钟爱。"又是一声温柔的称谓，好听得令钟爱都忘了好奇他是怎么知道她的姓名的。"你要记得，你的爸爸其实很爱你妈妈，他也很爱你，想让你和谁交朋友也是不想你孤单。"钟爱闻言抬头撞进一双真诚的眸子里，"到家了，快进去吧，爸爸得担心了。"钟爱思索着"天使"的话，机械地按着他的话朝院门边走去，忽然想起这一次道别下次又不知何时再见，于是想要创造可以见面的机会，转身来到"天使"身边："下周我爸爸会给我办一个生日 Party，我可以邀请你参加吗？""天使"有些犹豫，但最终点头微笑着答应了。钟爱高兴地问："我到现在都不知道你的名字呢。""可安。"天使微笑着回答。"哦，可安、可安、可安……"钟爱欣喜地重复着这个名字，"钟大小姐，你不会是想站在家门口，叫着我的名字等天黑吧？"钟爱闻言，吐了吐舌头，"那下周见哦。"走进家门向着可安挥了挥手。可安带着笑容看着钟爱消失在门后，瞬间黯然神色，眼中闪过无奈和心痛，消失在夜色里。

第四章 心动

四周一片迷雾，凭借熟悉之感，钟爱依稀可以辨认出，这是自己每天都要漫步的小树林,无法辨别方向只能一直往前走。可是迷雾丝毫没有要散去的样子,反而越发朦胧,似一张令人窒息的网将钟爱笼罩其中,恐惧、孤寂、慌乱汇聚心扉,讶异于小树林为何消失了往日带给自己的宁静。钟爱只想赶快离开这里,可是迷雾逐渐深浓,完全找不到出口,"爸爸,爸爸……妈妈你在这里吗,帮帮我……"忽然一道光照进迷雾,令周遭变得清晰。钟爱因突如其来的光亮微眯双眼,看清来者,笑容也爬上嘴角。他走近钟爱,身后的光亮消着迷雾,他向她伸出手,可是他眸中少了往日的清澈、温柔、安心,换作浓浓的悲伤、心痛、无奈,却深深锁住钟爱的双眸,仿佛具有魔力般将她定格当下。她不要他用这样的眼神看着她。她急急地向他伸出手,想抓紧他,却在即将碰触到的刹那,他连同光芒迷雾一同消失不见。钟爱落着泪焦急地在林间呼唤寻找他的踪影:"可安!可安……"

"可安!可安!……"钟爱呼唤着可安从梦中惊醒,滑落的泪滴早已打湿枕畔。意识渐渐从噩梦中回到现实,思绪犹在梦里。怔怔半晌,想起今日是自己的生日,便打起精神洗漱完毕,拉开窗帘,明媚阳光洒满房间充满温暖,仍心有余悸。她告诉自己,可安今天一定不会失约,与自己的约定他一定会遵守,心里却依旧有些惴惴不安。今次生日宴本就是"老头儿"擅作主张。醉翁之意还在想介绍谁家的儿子。一会儿还有不想见到的什么所谓阿姨,说是给自己庆生,还不是冲着"老头儿"来的。

要不是希望能见到可安，自己压根儿不想理会什么无聊的生日宴。如果可安今天会如梦中般不出现，那这场生日宴完全无所谓吧。想到这儿，钟爱放下手中的眉刷，似无心情再装扮自己，随意挽了个发髻，看着镜中的自己因梦境而愁云密布的脸庞，说服自己选择相信他一定会到来祝福生日。于是扯下发髻，准备为悦己者好好打扮。

只听得敲门声响起，原来是宅邸多年老管家荣妈。荣妈是妈妈的陪嫁管家，钟爱一直和她很亲。但妈妈不在身边的这两年，荣妈在这个家也是隔三岔五地消失不见。她请假说是需要照顾一位远房亲戚。此时荣妈捧着一个大盒子，还带来一位提着化妆箱的年轻女生，"小姐，老爷吩咐让小李来给你打扮准备生日宴，这是老爷特意为你挑选的礼服。"钟爱瞟了一眼精致盒子里的小礼服。淡淡的天蓝色，不知道是"老头儿"中意的哪家公子哥喜欢的颜色。就是不想顺了他的意。纵然千般不愿，钟爱也不想当下回绝为难了荣妈，于是半似撒娇地笑着说："谢谢荣妈，我现在还没有化妆呢，我等下就换哦，放着就好啦。荣妈，您别这么忙里忙外的，休息一下嘛。"荣妈似乎早就看穿了她的心思，屏退了小李说道："小姐，别总是和老爷对着干，其实老爷……""荣妈，我知道，我有分寸。"知道她不愿意听，故意打断自己，荣妈欲言又止，拿出一方精致的小锦盒："小姐，今天是你的生日，荣妈也没有特别准备……""别这么说，荣妈，您一直照顾我，在我心里您早已是我的亲人。"听着钟爱这么说，荣妈苍老的面庞挂上一抹欣慰的笑容："荣妈还是有礼物要给你。"说着，将锦盒递给钟爱。锦盒里躺着一根银质手链，手链上绽放着一串粉色的水晶镶嵌而成的数朵五瓣丁香花，每一朵如小指尖般大小的丁香花小巧精致、似幻似真、迎光闪耀。钟爱细细摩挲着手链，回想起每年的四五月，妈妈总会在窗前的花瓶里插上一束粉色的丁香花，不绚丽、不鲜艳，小小的四片花瓣只有淡淡的芬芳。还记得她曾问过妈妈，为什么最爱这种花，妈妈微微笑着说，其实她只是想发现五瓣的粉色丁香，多年来都无法得偿所愿，久而久之竟对这些小小花束生出喜欢，在窗前摆放丁香花也成了一份习惯。可是妈妈最喜欢的手链为何会在荣妈那里？"小姐，虽然太太她……不在你身边，但你要记得，她永远会是爱你的。"对母亲的思念，因荣妈的话覆盖了升腾起的疑惑，"荣妈，我知道，我也永远最爱妈妈。"荣妈点点头，掩饰着眼中浮起的泪花，向外退去，"小姐，我让小李来给你化妆，赶快打扮吧，一会儿宾客们都要到了。"

傍晚时分，夕阳绽放余晖，天空染上霞光。宾客们陆续抵达钟家大院，不乏商界精英、政客要人，均盛装出席。龙的人脉的确不容小觑，宴会正式开始前在草坪上举行的冷餐会就已吸引络绎不绝的来宾。这样的场合也正是这些商界大佬们捕获合作商机的大好机会。临近星光当空之际，草坪亮起彩灯，宾客悉数静候在宅邸大厅。只见今日主角由二层步下阶梯缓缓而来，白色的高领露肩小礼服，领口缀着一圈粉色方形水晶，每一颗粉色水晶周围镶着一圈白色小水晶。紧贴腰线束腰的设计将身材勾勒得恰到好处。A字伞形裙摆在膝盖上方适当长度，裙摆绽放着朵朵绣连着的粉色花朵，每一朵的花蕊都是一颗粉色水晶。卷卷的头发束成高高的马尾，配上粉色蝴蝶结发饰，洋溢青春之美又不失宴会之范。后腰际与白色小高跟鞋后部也同样缀着蝴蝶结，三处蝴蝶结交相呼应，为整体装扮得体中不失俏皮，恰到好处。没有过多惹眼饰物的张扬，只在腕间点缀着一串粉色水晶手链与周身相得益彰，百来双眼眸注视着这位可人儿款款而来。因为是主题明确的钟家千金生日宴，宾客们多是举家而来，不乏商界二代、青年才俊。公子哥们流露着些许倾慕，太太们思量着可否令她成为自家儿媳。商业联姻自然是很大因素，可是在事业上强势的龙，面对这些旁敲侧击的时候，总是一再强调只希望女儿幸福，不会用任何事困扰她的爱情。当然他也不需要倚靠谁令事业更为强大。

钟爱下楼间隙便遥望人群，寻找可安的身影，可惜她有些失望。待钟爱站定在众人面前，龙简单介绍了女儿，并感谢大家百忙中抽空赴会，希望度过一个愉快的夜晚。龙示意钟爱和诸位打个招呼。洁白的衣裙、洁净的脸庞，在屋顶水晶灯光的映衬下，她娉娉婷婷地站着，澄澈的眸子似乎已透露着心绪，使注目着她的人更想聆听她说的话。"各位尊敬的来宾，感恩大家莅临我的生日宴，为我送上祝福。在我生日的这一天，我无比思念二十年前的今天，忍受磨难般将我带到这个世界上的母亲。虽然她现在不在我身边，但她对我的爱一直都伴我左右。她是钟家唯一也是永远的女主人。再次感谢大家的到来，让我们度过一个愉快的夜晚。"如此礼数周到并流露着对母亲涓涓情意的话语，令宾客们对她的好感更是平添十分。这一席话是对母亲最真切的思念，但也有表达思念之外的心境。钟爱微微扬起下巴示威似地看向父亲，本以为自己当着宾客中某些"阿姨"的面，宣告母亲在钟家地位之尊贵，会令父亲有些恼怒，待看清父亲眼中盛满的是欣慰、爱怜甚至喜悦，钟爱愣了愣。华尔兹的音乐响起，宾客们四下散开。龙带着钟爱引领今天的第一支舞。宾客也都纷纷牵起舞伴步入舞池，随着旋律节奏踏出轻快舞步。钟爱时不时望向大门，期待着下一秒可安便带着安心笑容出现。"小爱，你在等谁？"钟爱回头迎上父亲探究的目光，慌忙低下头。本想敷衍着回答"没等谁"，可是话到嘴边，忽然想起了父亲先前令自己愣神的眼眸中的深意，故意回视龙道："在看你的小秘有没有屁颠屁颠跑来讨好你，祝贺我的生日。瞪什么眼？反正刚才的话我都说了，你不高兴也没用，哼！"龙露出一抹笑意，眼中尽是宠溺，闪过一丝无奈道："恐怕你要失望了，那个谁已经被我辞了。"似乎很是满意女儿些许惊讶的表情，龙点了点头继续道："宝贝女儿不喜欢的，一概有多远撤多远。"见女儿的表情缓和许多，龙继续道："你刚才的话让我很欣慰，爸爸的想法和你完全一样。你妈妈在我心里和在你心里一样重要。至于你不喜欢的阿姨，她只是爸爸

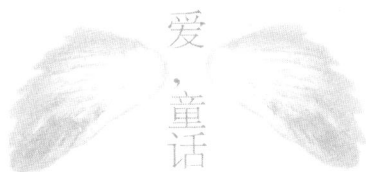

的普通朋友，多年来有生意往来，所以走得近一些。小爱，你能理解爸爸吗？"钟爱想了一瞬，开口道："那你让她别老是往我们家跑，我不喜欢她出现在我们家。"知道女儿这个心结暂解，龙露出心悦的笑容承诺："好，爸爸答应你。我也希望小爱能答应爸爸一件事？"钟爱缓和了语气："什么事？""爸爸希望你即使再不在乎这个为你而举行的生日宴，也不要搞砸了它，权当多交些朋友。爸爸希望你知道，我尊重你的选择和决定，你不喜欢的我一定不会干预。"龙的这番话令钟爱动容，静静思索了一瞬，看着父亲点了点头。一个转圈过后，龙忽而瞥见了钟爱腕上的手链，龙沉默地注视着它。钟爱发现龙的神色解释道："荣妈给我的，是妈妈最喜欢的手链。"龙沉醉于过往回忆，喃喃低语："粉色的五瓣丁香花并不是最罕见，可当她想寻找的时候却总也无法如愿以偿，我就请人定做了这条手链……"龙的神情仍然陷在回忆中，双眸满含悲伤、不舍、心痛、无奈，钟爱心惊想出声唤父亲。刚至一曲终了，龙的眼神恢复平日的睿智及深沉，换上招呼宾客的礼节性微笑，带着钟爱，端起侍从递来的香槟与宾客们寒暄。

王局长一家迎面而来，龙与王局长亲切握手介绍女儿："王兄，这就是小女钟爱，承蒙您关心了。小爱，这就是帮你惩罚了罪犯的王叔叔，这位是王太太，还有他们的公子。"钟爱礼貌地向他们问好，王太太看着彬彬有礼的钟爱，内心万分欢喜，尤其刚才那一番对母亲情深义重的思念尤为打动人心。与钟家交好的都有所耳闻，这两年钟太太身体不适正在静心休养，所以无法陪伴龙出现在一些重要场合。今日钟小姐生日宴也不见钟太太身影。钟小姐刚才的一席话看来是证实了传闻。想到此，王太太不禁对钟爱多生出了几分爱怜道："你是叫钟爱吧？名字好听，长得也漂亮，而且还这么懂事。你妈妈一定会很欣慰。"王局长继而调侃道："难怪你爸爸要把你保护得这么好，这么宝贝，钟家千金不仅花容月貌，而且还那么懂事有礼。"龙赞赏道："王兄过奖了，令郎也是仪表堂堂一表人才啊。"王太太笑说："那两个孩子岂不是俊男靓女，年龄也相当。"有意之心昭然若揭，四人皆有默契地出声笑赞，钟爱有些气恼地偷偷瞟了父亲一眼，人前发作不得，只得嘴角弯起礼貌的弧度。那一眼恰巧落在一直注视着钟爱的王公子眼里，她本就生得甜美可爱，因为可安的约定和父亲给出的承诺，变得温暖的眼神更显单纯明亮，所以生怕被发现，悄悄进行的眼部动作气势不足，娇羞有余。王公子心内激荡，出声邀请："刚才看到钟小姐的舞姿优美动人，可否一邀钟小姐与我共舞一曲？"除了龙，对面的一家三口全都用期待的眼神看着她，钟爱深知不能驳了父亲的颜面，微微一笑做出"回请"的手势，率先盈盈向舞池走去，既顾及了礼数，又巧妙避开了对方想要与她相携或挽臂步入舞池的亲密可能性，更以此举向父亲表明了态度。

　　一手相握，抚肩搂腰，随着旋律翩翩起舞。钟爱心不在焉地望向门口，只是原先期盼可安出现的心情当下多了一丝纠结，

生怕他此刻瞧见自己在和别的男生共舞聊生误会。"钟小姐平时都有哪些爱好？"王公子问道。钟爱回过神，拒绝与他四目相交，略微低了头回答："也没什么特别的，空闲时喜欢看看书听听音乐，你呢？"纤腰本就不盈一握，略微低头更显娇羞。这一声"你呢"落在王公子耳里，似是钟爱想了解他，也正是他可以体现自身"品位"侃侃而谈的大好机会，"我喜欢玩车。如果是普通款的车子我会将它们改装，比如更改排气系统，去除消音器，加速会更迅捷。当然我尤其喜欢跑车，奥迪R8不错……当然最好的还是法拉利、保时捷、兰博基尼、布加迪威龙……SUV型的车也不错……性能好开起来时视野也不错……"其实"你呢"这两个字，不过是钟爱不想对着他过多谈论自己，而把话题扔给他的"语气助词"。正当他啰哩吧嗦吹嘘自己的时候，钟爱又已陷入"可安要不要现在出现"的纠结中。"钟小姐，我哪天带你去兜风吧！钟小姐、钟小姐？"钟爱被他唤回神："啊？哦，不好意思我可能最近有点忙。""哦，没事，你哪天有空了我们约。你这条是钻石手链吗？"他的目光落在了钟爱的手链上。"不是。"钟爱简短回答。"哎呀，你怎么能不戴钻石的呢？知道吗？女人最好的朋友就该是钻石，闪耀又显尊贵。你这条漂亮挺漂亮，但不显贵气。下个月，我朋友的拍卖行竞拍来自意大利名师设计的一套钻石饰品，我拍下来送你。"钟爱本想着尽量少说话，赶紧跳完这支舞找机会避开他，可听到他的这番话，再也忍不住翻白眼的冲动，抽回相握的手，推开距离，盯着他的眼睛道："王先生，看来您是不懂得首饰的意义。饰品尊贵与否不在于材质和价钱的昂贵，而是赠送的人以及彼此间的情谊，决定了它是否珍贵的价值。就像王先生你所谓的尊贵饰品，我可以明确告诉你，即使它到了我的手里，对于我来说也不过是毫无意义的废铜烂铁。还有，我的这条'不显贵气'的手链是我父亲送给我母亲的，也是我母亲最喜欢的饰品。"王公子讶异刚才一直温顺可人的钟爱，此刻变得如此尖锐。当知道她腕上手链的意义，心知自己犯了大忌，愣愣地怔在原地不知如何反应。钟爱说完这番话，忽而发现一道目光深锁自己。她回头找寻目光的来源，一位白衣白裤的清俊男生微笑地立在那里。钟爱一眼就认出是心心念念的可安，可安没有进来却在门前一晃而过。钟爱着急地注视着他出现的地方，向王公子丢下一句："不好意思，失陪。"拔腿向可安的方向追去。

草坪上不见可安踪影，钟爱绕着大宅寻到后花园。那一道白色身影立在月光下，有如白雪般皎洁，却散发温暖光芒，似乎月光只愿倾泻在他一人身上，似乎花园里星星点点的灯光都黯然失色。他侧身低头抚弄着一朵粉色玫瑰，周身的鲜花似乎因他盛开得更为娇艳。那一幕美得令钟爱祈祷时光驻足，又仿佛缥缈得比时光更稍纵即逝。她停住脚步，屏息静气地望着他。任凭心头早已小鹿乱撞，生怕此刻连一丝呼吸都似对这份美好的亵渎，会惊扰了他瞬间消失。他抬起头望向钟爱，仿佛早已

洞悉她的心绪，带着她朝思暮想的安心笑容。于是钟爱心头的小鹿似又多了几十只更欢快地蹦跶。钟爱稳了稳心神，掩饰地将耳畔凌乱的碎发整理到耳后，走近两步微笑着轻声唤他："可安……我以为你不想来了，我、我一直在等你。"他眸中清亮耀过星辰："一定来，我答应过你的。"钟爱因这句话欣喜不已。看他走近自己，她双颊不可抑制地染上红晕，明明害羞得想闪避却舍不得移开目光。可安站定在钟爱面前，忽然一脸认真地问："刚才我看到你跳舞很好看呢，和那位男生的那支舞跳完了吗？我还想着别打扰你，在这里等上一会儿呢，没想到你这么快就来了。"第一句话的意思让钟爱听着更开心，可是第二句话令她立马甩开羞涩与欢悦急急忙忙解释："不是、不是，我……那个……我……我没想和他跳的……真的……因为……哎呀……反正我一直都在想你会不会来……我……"钟爱急得语无伦次，因羞涩泛红的脸庞这下是因为着急而面红。看着她粉嘟嘟的脸蛋，一双明眸瞪着他，实则急切地想着说辞，可安忍俊不禁"扑哧"轻笑出声。钟爱醒悟自己被可安"戏弄"了，好气又好笑地想扳回一城："那支舞还没跳完，我就追着你跑了呢，没跳尽兴，怎么办？要不你陪我跳完它？""好啊。"没有一丝犹豫，可安脱口而出，眸中闪烁着欣悦光亮道，"今天你最大，都听你的。"两人相视而笑，"在我们共舞之前，我先要祝你生日快乐！"可安说着递出礼物，银色的链子下坠着一个白水晶雕琢而成的、身后有一双翅膀的小天使，月光下熠熠生辉。钟爱从诧异转而喜悦，由衷感叹："好漂亮。"忽而抬眸道："可不可以帮我戴上？""好。"可安微笑应允。钟爱背对可安，好似有阳光的温暖萦绕后背，他的呼吸也微微轻拂在她后颈。钟爱暗自懊恼自己提出这个要求，令好不容易稍稍平静的心跳再次突如其来加速运动，但又因心头满溢着的甜蜜倍感幸福。钟爱转身看着可安问道："好看吗？"可安笑着点了点头。钟爱清晰地看见可安眼中两个小小的自己，安心和温暖充斥心扉，牢牢地锁住他的眼眸，上扬着嘴角柔声告诉他："它好漂亮，我好喜欢，谢谢你，这是我收到过的最棒的礼物。"可安注视着钟爱道："你今天更漂亮。"这句夸赞令钟爱羞赧地垂下眼眸，含羞地沉默一瞬。可安缓缓伸出左手："今天最美的钟爱小姐，可否与我共舞一曲？"钟爱抬眸笑瞋了他一眼，将右手放到他的掌心。他轻轻握住她纤纤小手，他的手掌和他的眼眸、他的笑容一样温暖。正当两人洋溢着浪漫甜蜜注目彼此想踏着月光翩然起舞，一声充满疼爱又坚定有力的："小爱。"打断了他们。两人闻声回头，原来是龙不见了钟爱亲自寻了过来，"小爱，这位是？"钟爱像所有偷偷约会被父亲逮个正着的女儿一样，赶紧与可安分开牵着的手，慌忙解释："是我的朋友……可安，这是我爸爸。"可安迎视着龙探究锐利的目光，无一丝惶恐地向他问好。龙面带笑意地发出邀请："宴会上不见了今日的主角，对宾客们不太礼貌。小爱，请你的朋友一起进来坐坐吧。"钟爱试探地看了一眼可安，可安抱歉地看着她微微一

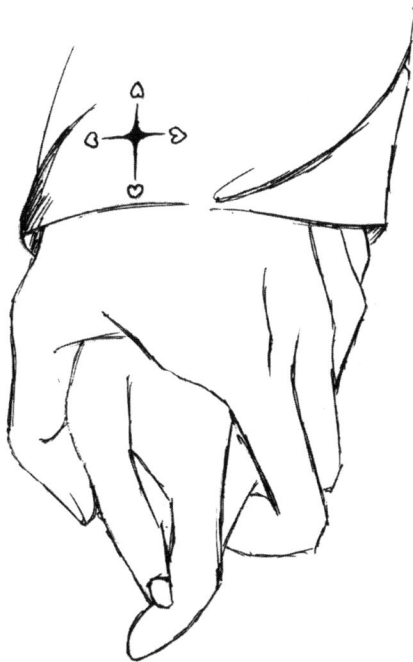

笑，向龙辞行："谢谢伯父，我的祝福送到了，但我还有些事，就先不打扰了。"钟爱有些许遗憾，但隐隐感知可安并不适合曝光在大庭广众，递给他一个"我明白"的眼神，"那你路上小心，我就不送你了。"钟爱行至父亲跟前挽起他的胳膊："爸，我们快点进去招呼客人吧，主人都不在，宾客们都要散了呢。"明知女儿的小心思，但她对自己许久未出现的这般亲昵举动，依然让龙的心化成柔水，宠溺喜上眉梢，轻声答应着便带她向宅子行去。钟爱回头望向目送着自己远去的可安，笑着向他轻轻地挥手告别。

　　在大宅门口与父亲并肩送走了最后的宾客，龙瞥见女儿的天使项链，深冥的双眸黯了一黯，沉吟一瞬，叫住准备上楼回房休息的钟爱："小爱。"钟爱回身看着龙，估摸着他是不是现在就要询问自己对王公子的感觉，正准备放冷眼神、面无表情、吐出"没感觉"三个字。不料，龙状似轻松问的却是："小爱，项链很漂亮，是你那位在花园的朋友送的礼物吗？"钟爱做足准备的三个字被生生噎住，好在思绪迅速地跟上了父亲的节奏，红着脸含笑低头看了一眼"小天使"，幸福写满双眸地点了点头。眸中的情绪仿佛刺痛了龙，他语声轻缓地再次询问："那天救你的，是不是刚才你的那位朋友？"钟爱微笑着再次轻轻点了点头。龙双眉紧蹙陷入沉思。钟爱奇怪父亲似乎有些不太高兴，刚想出声询问，龙带着宠溺的笑容嘱咐她："不早了，累了一天，快去休息吧。"钟爱暗笑自己多虑了，与父亲道了"晚安"，

便打着哈欠上楼。龙注视着女儿的背影消失在楼梯，转回目光投向无际黑夜，思绪飘忽至从前，浓重悲伤从眸中倾泻，却也果断地做出了某种决定。

第五章 软禁

钟爱趴在床上，细细端详着手中的天使吊坠，从发型判断是个少年，微微右斜的大刘海遮住整个额头，轮廓分明的小脸上，紧闭着的双眼和双手交握胸前的姿势，透露着他无时无刻不在为拥有它的人虔诚祷告，小而挺的鼻子，紧抿的双唇，前后缀着三颗星星的曳地长袍，头顶那一圈光环以及背后的那一对连羽毛都被雕琢分明的翅膀，是它身份的标志。如此精致的吊坠，钟爱爱不释手，在灯光的映衬下，它周身散发着的柔和光芒，令钟爱抑制不住思念可安，他祈祷的模样一定比这个"小天使"更好看吧？这个小天使怎么越看越像可安呢？钟爱打定主意明日去小树林找他。翻身躺在床上，与可安的回忆浮现脑海，禁不住轻笑出声。天使吊坠睡觉也不愿摘下，就这么拽在手里，手指轻轻摩挲着它，沉沉进入梦乡，一夜好眠。

睁开朦胧双眼，明媚阳光虽被印有天使图案的窗帘大部分阻隔在外，但仍带进一室温暖。钟爱握了握手心里的小天使，起身拉开窗帘。阳光透过落地玻璃门洒满每一个角落。钟爱打

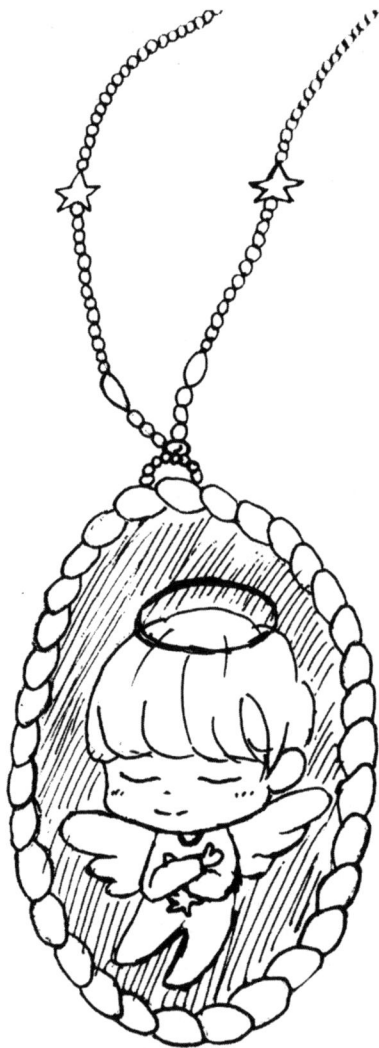

开门来到阳台，与灿烂朝阳更亲近，大大地舒展了下身体，趴在栏杆上低头看向盛开着各种鲜花的花园。昨夜月光下，可安伫立在那里的绝美景致复又重现脑海。钟爱脸颊悄悄浮上红晕，心情却灿烂明媚得如同此刻的温暖阳光。想要马上见到他的愿望愈发强烈。进屋换上得体的外出服、装扮妥当，下楼吃过早餐，整装待发拉开大门，眼前的两位身着黑西服的高大男子瞬间出现令她错愕不已。以为是父亲新增保护大宅的保镖，钟爱礼貌地颔首、想越过他俩，可魁梧的身形丝毫没有避让的意思，恭敬也冷漠地告知："钟先生吩咐，请小姐回房。""什么意思？你们拦着我出门干什么？"钟爱莫名其妙。两位"门神"简单重复："请小姐回房。"钟爱端起架子冷喝："我有重要的事，都给我让开！""门神"淡然处之，不为所动。钟爱气急，想借着娇小、夺空、窜过他俩。可在两位如此伟岸的"门神"面前，她充其量就像一只想趁机张牙舞爪的小猫。"门神们"到底生怕伤了她，其中一位手上只用了一分力，嘴上仍恭敬"请示"："请小姐回房。"将钟爱轻推入屋，带上大门。面对被轻而易举关合上的大门，钟爱忍着抓狂的冲动，明白硬闯绝非佳策。当务之急得弄清究竟自己为何被"软禁"了起来。钟爱因愤怒，漂亮双眸怒目圆睁地瞪向因听到声响跑来的两位女佣小妹，力喝出声："究竟怎么回事？"两小妹赶忙回答："先生今早吩咐……不让小姐出门……""岂有此理！荣妈呢？荣妈！荣妈！"怕惹来她更大怒气的小妹，小心翼翼地回答："荣妈一早就随先生一同出去了。" 这算什么？带走荣妈，让她一个人孤立无援乖乖被软禁？知道眼前两小妹也不明所以，再怎么发飙都问不出个所以然。钟爱从包里拿出手机拨打父亲的号码，可手机里第三遍传出永远波澜不惊的女声宣告"您拨打的电话无人接听"。转而拨打他办公室座机，永无止境地传来电话被接通前的"嘟……嘟"声。钟爱定了定被气得有些轻微发颤的身体，嘴角抹上一丝冷笑，打给父亲的秘书室，礼貌的男声在电话那头响起："您好，我是钟董秘书，有什么可以帮您？"虽然发现父亲的确兑现着昨晚的承诺，估计从此启用男秘，令钟爱愣了愣神，但此刻"气"字当头毫不客气大声道："叫你老板接电话！"男秘语气无丝毫起伏应声道："请问哪位找钟董，您有预约吗？"钟爱微斥表明身份："我是他女儿、他女儿！谁告诉你我找他也要预约的？！让他接电话！让他接电话！"电话那端的语气仍无变化："不好意思，钟小姐，钟董有要事在身，暂时不方便接听您的电话，您如有事可留下口信，我会替您转达！"钟爱伸手抚上被气恼得突突直跳的太阳穴，尽量控制语声将威胁说得具有威慑力："好！你转告他！如果他再不出现，就等着为他的女儿收尸吧！"说完，不等对方反应，将手机重重甩出几米远。

"不吃！拿走！"从中午到现在，这已经是被自己扔出房的第六盘食物。两位女佣小妹轮流上来送餐，全都被吓得直哆嗦。餐具菜肴每次都被扔得粉身碎骨一地稀烂，还要手忙脚乱

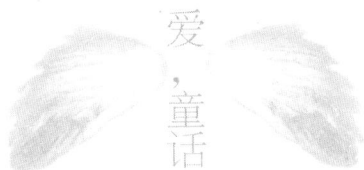

赶紧收拾。她们此刻盼望先生尽早赶回来的念想之强烈，简直不亚于钟爱。"哐当……"龙踏进大门，迎接他的便是这又一盘餐具惨烈牺牲的脆响，龙疾步上楼，女佣小妹像见着了救世主般扑到龙跟前："先生，小姐还是不肯进食……"龙皱了皱眉，吩咐："你们都下去吧。"女佣小妹如获大赦，急速逃下楼去。钟爱抱膝坐在床上，定定望着进来的父亲，眸中生成着的不安、疑惑、茫然来不及消散，如尖刺深深扎进龙的心里。那些眼神就如同当初他将她从医院带回来告诉她妈妈可能需要离开时那般空洞无助。可是当下的情况毕竟与当初有别。只见那些令龙心疼的眼神转瞬而逝，她一骨碌跳下床，对父亲怒目而视的模样，像一只随时准备举起利爪的小虎仔——

"为什么不让我出门？"

"爸爸有不得已的理由……"

"什么理由？"

"以后你就会懂。"

"托词！借口！你必须给我一个合理的解释！"

"小爱，你再给爸爸一些时间……"

"哦，我知道了，是不是因为昨天的话得罪了你的所谓'朋友'？"

"关于你多虑的问题，我以为昨天已经跟你谈得很清楚了，看来你现在思路不够清晰，等你冷静一些我们再谈。"龙转身离去。

钟爱追在他身后，从走廊追下楼梯："你这是非法禁锢，我可以告你！"

"保护女儿免受伤害是每个父亲的职责。"

"你限制我的人身自由，这不是保护，已经是伤害了！"

龙心疼与女儿近来缓和的关系就要因此破灭。当然他也知道女儿近来的明媚是因为谁，所以即使不忍但他仍然不后悔自己的决定。

龙忽然转身道："王局长的儿子到底哪里不好？为什么不能跟他交往？"

没料到父亲话题跳跃如此之大，钟爱愣了愣，脑中迅速进行分析，难道是因为昨日见着了可安，对他不甚满意，所以才大动干戈不让自己去找他。有了肯定的猜测，更是气不打一处来——

"哪里都不好！我就是要跟我喜欢的人交往！你还声称绝不干涉我的爱情呢！说一套做一套，你根本就是不开明的老古董！"

"人家空手道黑带！"

"空手道'彩带'我都不要！浮夸到极致、拜金到极点。光这两点我劝你提醒他爸，小心被这么个败家的连累到自己被请进局子喝咖啡！"

龙想了想，点头道："嗯，反正我也舍不得你那么早嫁出去，还有其他朋友可以试着交往，没有喜欢的也不急。"

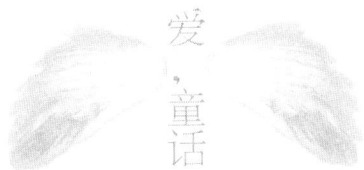

"我有喜欢的人了，我只要跟他交往！什么其他朋友，统统不要！"

龙眸中闪过一丝无奈："小爱，你要知道，爸爸做的一切都是为你好！"

钟爱失声大喊："为我好？你总认为你做的一切都是为我好！你有没有试着了解我的想法，有没有想过我的感受？你忙事业，忽略了妈妈和我，你没时间陪我们，也振振有词地说是为了这个家，为了我们好！可是你知不知道，我无数次想，如果你多花一些时间照顾我们、陪伴我们，或许那天妈妈就不会心脏病发作……"

看着父亲瞬间黯然的眼神和骤然沉痛自责的表情，钟爱亟亟收住自己因气恼无所顾忌伤人的话。可话已出口，望着父亲心痛的神情，她一时不知如何是好，张了张嘴终于还是选择转身离去。踏上楼梯的刹那，她为自己的话感到一丝后悔。母亲病发其实并不能全然归咎于父亲的过错。她也明白，白手起家的父亲当初为事业疲于奔命，也是想为妻女撑起一个美好的家。

第六章 越墙

连续两天，钟爱的抗争并未起到明显效果。为了逃避她的哭闹，龙比平时更早出晚归。

时钟敲过凌晨两点，大门的开合声提示着龙刚刚回来。

根据这两日的经验，四十分钟之后，整个大宅的人都会回房睡觉。而龙在回房之前，必定会悄悄进来钟爱的房间，静静地趁着夜色看看她，才能安心回房休息。可是两位"门神"会尽忠职守到四点半，之后巡视一遍整个宅子周围，继而与前来换班的"门神"交接。这两日龙六点半准时离开大宅，所以女佣小妹五点半就要开始起床，忙碌准备早餐，伺候龙出门。如果想要逃离软禁，只有天刚蒙蒙亮的那半小时到四十分钟的时间。鉴于不敢保证会否顺利不吵醒父亲和女佣，显然从大门溜出去并不是最好的办法。钟爱否决了常规出口，就只剩可能危及人身安全的"越墙"之路。其实所谓"越墙"是最后一步，首先得越过自己这个位于二层的小阳台，平安落地之后，才能从花园的那道被自己小臂般粗细的铁链条，牢牢锁起的两扇高大铁栅栏翻越出去。

这个过程仅在脑海中升腾，已让钟爱背脊发凉，再次登入阳台借着花园的灯光观察"地形"——虽然位于二层，但其实远比一般的公寓楼二层低许多，从某种角度看，似乎与地面的距离并不高远。钟爱偷偷安慰自己。既然想要见可安的信念胜过对预知危险的恐惧，那就得开始着手准备一举成功。回到屋子掩好阳台门，钟爱掀开被子，背朝外躺下，静静等待父亲到来之后的"决胜时刻"。

约莫过了十来分钟，门外传来父亲刻意放轻的脚步声，移到门前小心翼翼地开门进来。钟爱觉得父亲站在床前借着走廊的灯光静静凝望着自己，轻轻叹了口气，替自己掖了掖被子，悄悄退了出去。钟爱想起小时候父亲忙于打拼事业，但妈妈告诉她，无论爸爸回来得多晚都一定要进她的房间，看一看她，替她掖好被子。有时候龙应酬完回家，醉意朦胧、动作稍重吵醒了熟睡中的钟爱，他索性借着酒意大大地拥抱小小的女儿，带着胡渣的吻，深深烙在儿时的钟爱细嫩的脸颊。直到钟爱哇哇大叫着抗议，妈妈和荣妈冲进来将他半拖半拉地带回房……

　　钟爱忽而鼻头发酸，但此刻想逃离的冲动压过了想要泛起的泪意和理智的冷静。钟爱细听着动静，摸黑打开房门，女佣已在父亲回房后关上大宅的灯。确定大家都已回屋之后，钟爱搬了张凳子到窗前，将窗帘的里层白纱扯落，将两条窗帘的两端紧紧系在一起。看了看脚上的拖鞋，虽然不知道"越墙"之后是否一定狼狈不堪，但仍要准备以最好的形象出现在可安面前。打开房间里的另一道门，是钟爱的专属衣帽间，无窗的空间将灯光隐蔽，可是望着那一排排或坡跟，或小高跟，或凉鞋，或单鞋，或短靴，或长靴，钟爱在此时为自己素来不喜欢运动装的癖好扼腕叹息。踏上一双高跟鞋翻窗，着实需要更强大的勇气啊！正当欲哭无泪之时，忽而瞥见角落里有新的鞋盒。近前打开一瞧，果真是一双八成新的粉红色运动鞋。钟爱欢喜于眼前的难题迎刃而解，思绪也随着拿出这双运动鞋的动作而纷飞至带回它的那天——

正值花季的钟爱，与妈妈一起在商场挑选衣物。

"妈妈，爸爸到底什么时候才过来呀？"

"他刚才给了我短信，说是开完会马上就赶过来。"

"又开会呀？爸爸天天开会……"

"爸爸很忙，我们要体谅。小爱，你看这双运动鞋好不好看？"

"我不喜欢运动鞋……"

"我知道，我们都买一双，爸爸如果早回来，我们晚餐后可以一起散步……"

"羡心，小爱。"龙带着笑意来到她们身边。

"爸爸。"钟爱亲昵地挽起父亲的胳臂。

"这么快就来了？你又着急开车了吧，要注意安全。"

"我知道，会注意的。"龙笑意融融地答应着牵起妻子的手。

"想买什么？看中了吗？"

"我想给小爱买双运动鞋，但她说不喜欢。"羡心拿起那双粉色的运动鞋告诉龙。

"挺好看的。小爱不喜欢运动装呢，但我们都买一双，可以早晨一起跑步，晚上散步，或者打打羽毛球？"

钟爱故作夸张的惊讶表情："哇，钟先生、钟太太，你们也太有默契了吧，连要买运动鞋的理由也如此一致，你们秀恩爱！"

"那你是买还是不买呢？"羡心弯着眉眼道。

"买买买！小的从了！就要这双粉色的吧。"

"那试试吧，我要那双黑的。羡心，你呢？"

"我要那双白的吧。"

"哦哟哟，黑白配呀。"钟爱嘻嘻笑着调侃。

父母相视而笑的甜蜜犹在眼前，而今只余眼前的这双未穿几次的运动鞋。抱着回忆抹干眼泪，换上运动鞋，掀起窗帘的一角向外张望，四点半，门神准时巡视宅子四周，待他们巡过花园外墙，钟爱蹑手蹑脚地带上相系的白纱窗帘来到阳台，将一端牢牢系在栏杆的底端，自然下垂到接近地面。钟爱深吸一口气，在心内默念"一定安全"，继而委以小阳台那平日里用来悠闲饮茶的玻璃小圆桌和靠背小藤椅重任。她踩上小藤椅，跪上小圆桌，攀上横栏，双手紧紧拽着栏杆，控制着因害怕而些微发颤的身体，闭了闭双眼念起可安的模样，继而一脚慢慢跨出，从阳台栏杆外侧踩上竖杆之间的空隙，慢慢带出另一只脚，手从横杆处滑向竖杆，慢慢下蹲，一手拽住窗帘，一手紧拽栏杆底部，双脚一前一后挪到阳台下的墙面上，平衡身体，以一种类似登山方式手拽窗帘，脚蹬墙面，慢慢下移，全神贯注于自己的动作，心跳因紧张而难耐，但尽量平稳着呼吸不能影响安稳。

眼看着快要落到地面，悬着的心总算落地。忽而沾沾自喜，觉得自己无比勇敢、有勇有谋，想到的法子既聪明又管用，比那些爱攀岩的女生都厉害。哼，她们还用着保险带呢，越想越觉得自己太赞，就差轻笑出声。手拽窗帘却此时突如其来失力，身体丧失支点呈现自由落体，大腿碰撞上某种尖锐物体，整个人被弹至相反方向，侧趴于地面，摔懵的钟爱半天才缓过劲儿来，支撑起身，锥心的疼从腿部传来。为了行动方便，她特意着了牛仔短裤，借着花园的灯光看清了正在流血的"惨状"，望了望还拽在手中的窗帘，理清了这一连串"灾难"的源头，是自己这托付生命的窗帘居然松了结头。导致受伤的罪魁祸首，就是花园里有着数盏的小灯之一。想起当初这小花园的设计全由自己拿主意，拒绝了爸爸妈妈对于灯饰的提议，偏偏爱极了这些个中世纪欧式复古式样，那顶部的尖锐如今可真叫自己后悔莫及。钟爱一边哀叹着果然不能嘚瑟，一边一瘸一拐地向花园的铁栅栏行去，再晚些可就惊动了宅子的人，这伤也真是白挨了。咬咬牙攀上铁门，好在选购的这扇铁门容易攀爬，腿疼得厉害只能采用手部借力、踩上一脚跟一脚的方式，跨过顶部到铁门外侧的当口，手臂被铁门顶部那一排尖锐划开，新伤旧伤疼得钟爱龇牙咧嘴，暗暗恼恨哪来这么多锐器，改天把它们全给卸了！虽然"血"的代价惨重，但终于成功"越墙"而出，捂着流血的手臂，钟爱蹒跚着向小树林亦步亦趋地走去！

第七章 "私奔"

攀上枝头、跳跃在树影间、若隐若现的清晨阳光，在小树林迎接着钟爱的到来。这段路仿佛耗尽了她所有的气力，踏进小树林的钟爱已精疲力竭。一定要见到可安的信念支撑着她呼

唤出声："可安，我是钟爱，你在这里吗？可安，我来了，你出来见见我好吗……"只有微风吹过树叶的"沙沙"声回答着她的呼喊，流血之处的剧痛再次传来。钟爱带着失望俯身忍受袭来的疼痛，抬眸发现可安已立在自己面前不远处，他来不及掩饰的心疼神色，直直落入钟爱眼里，露出一个幸福表情，身体便不受控制地向下坠去。可安不知何时已至她身旁，牢牢扶住了她。看着钟爱苍白的面容，可安的心犹如刀绞，将她扶至一处大石块，掌间散出温暖光亮抚上她的伤处。看着蹲身专心为自己疗伤的可安，连日来压抑的苦楚终于瞬间从心上蔓延，忽地抱住他，任爆发的眼泪将彼此淹没。断断续续的言语闯进可安的耳里，刺痛了他的心："可安……我好想你……我以为再也见不到你了……我好想你……"身体的疲累和心上的痛楚，被爆发的情绪推至顶点，带着继续涌出的眼泪，钟爱昏厥在可安的肩头。昏昏沉沉中，钟爱感觉自己身在一个温暖的地方，有一股暖流抚慰着身体的伤处，甚至觉得渐渐止血、疼痛好转、伤口在慢慢愈合。她觉得这是一个梦，梦里的可安望着自己。可是他的眼神没有了令人安心的魔力，而是那么痛楚甚至愧疚，她想告诉他自己已经不痛了，那些伤没关系，她不喜欢他用这样的眼神看自己，可是身体好累无法动弹，她听见可安似乎用艰难而缓慢的语声说着"对不起"。她想回答"没关系真的没关系"，越墙出来找他自己完全不后悔。她觉得可安轻拨了她额前刘海，用指背轻抚过她的脸颊……

爱，童话

　　身体恢复了许多的钟爱，缓缓睁开双眼，发现自己身处一个小木屋里。坐起身打量四周，没有过多家具和摆设，却处处彰显着干净与整洁。阳光透过窗户洒满屋子的每个角落，温暖的感觉如同这间屋子的主人。钟爱从雪白的床铺下来想找可安，却不见他踪影，身上已看不出曾受过伤的痕迹。她忽然想起迷糊间以为是梦境中可安的模样，以及他说的"对不起"。原来那并不是梦。念此，钟爱更是焦急地想对可安说那句没能说出口的"没关系"。正欲出门寻找可安，他却已进到屋里，"醒了，好些了吗？还有没有哪里不舒服？"关切的语调，一如往昔的温暖安心眼神，钟爱的心稍稍安下了些，现在说"没关系"似乎不太合适。可安将手中的袋子置于屋子中央的小圆桌上，"饿了吧，吃点东西好么？"说着将袋子中的食物摆到桌上。折腾了几天没好好吃饭，如今恢复了一些气力，的确觉得饿了。当着可安的面不好意思大快朵颐。本想着一定要保持淑女模样小口慢慢咀嚼，哪知舌头刚尝到食物的味道，便难以顾及形象地大口吞咽。眼睛瞅着一旁的可安稍有害羞，可嘴巴丝毫没有懈怠的意思，一边自我心里头安慰道，"没办法，本能驱使"。可安眉眼尽显笑意，边舀了几勺汤边轻声安慰："别急别急，慢慢吃，饿久了不能吃这么快。慢点慢点，来，喝点汤，乖。"就着他递来的勺子喝了几口汤，舒暖的感觉由口至腹、浸透四肢百骸。解决了口腹之欲，钟爱忽而对自己一心想着见可安，如今千辛万苦见到了，心下万分欢喜透出那幸福的甜。看着收

拾桌子的可安，钟爱内心以迅雷不及掩耳之势，斟酌着欲将喜欢之情溢于言表的用词及表情，内心否定了多套方案，最后还是决定用最为直接的语言表达，配上自己不常用但最为招牌的甜美笑容。钟爱微笑着站起身，"可安，我喜……""还需要再休息一下吗？"未停下整理的可安自然地问，似乎完全没有感受到钟爱的心意，完全没有听到她想说的话。甜蜜的告白如鲠在喉，只得转换到与可安同步频率，"哦，不用了。""那好，我们出发吧。""出发？去哪里呀？""和我一起去一个地方好么？"望着他黑白分明的双眸，钟爱在脑海里冒出两个字——"私奔"！就这样执手共天涯也不错，露出招牌甜美笑容应允道："好！"

走出小木屋，钟爱才明白，小木屋坐落在自己从未到达过的小树林尽头，周围的这小片草坪将小木屋环绕其中，有着淡淡迷雾相隔，仿佛与小树林置身两个世界。

可安立于草坪，静静地看着钟爱，眸中复杂深意竟令钟爱有些许不安。他似更坚定了某种决定，仰望天空忽而周身散发万丈光芒。与那次解救钟爱因愤怒而刺眼的光芒不同，此刻的光亮虽然强烈但有种温暖柔和的力量，背部随着光亮渐渐由小变大的翅膀慢慢伸展，直到光亮消失。钟爱被那一双圣洁而几乎曳地的翅膀深深震撼，有些怔忡地望着他呆愣原地。可安眸中泯灭了一些明亮，艰涩语声缓缓问道："是不是……有些害怕吧？"钟爱轻轻摇了摇头，慢慢靠近可安，伸出一根手指触碰他的翅膀。当手指触到那份圣洁，温暖安心满溢，轻轻将整个手掌抚上那双柔和，可安注视着钟爱微微而笑。蓦地，钟爱回眸望向他眼神轻柔："可安，它好温暖好漂亮。"微笑的可安因这句话笑容更深，但他眸中似乎有着悲伤旋涡，任是再融融的笑意也抵达不了。正看着他的钟爱眨了眨眼想要看清他眸中富含的深意，但那悲伤很快被隐藏。

已眼底尽展笑意的可安，向着钟爱伸出手，钟爱懵懂着与可安交握双手，倏然被一把拉进怀抱牢牢箍住身体。可安的眉眼鼻唇忽而近在眼前，就连那两排长而浓密的睫毛都根根瞧得分明，呼吸轻轻拂过她的脸庞，属于他的阳光味道满满地萦绕周身，心跳加速红晕染颊，又圆又大的双眼惊望着近在咫尺的可安。他的脸庞慢慢地越来越近，直到钟爱紧张得几乎要停止心跳，闭上了双眸的他，额头方才轻轻抵上她的额头，世界仿佛静止，时间仿佛停驻，这一刻仿佛就是永恒，彼此的心跳仿佛是这世间最美的旋律……

可现实的残缺往往击碎美好。因为此时钟爱的心跳，已杂乱无章到下一秒似乎就能"夺胸而出"，或是不敢呼吸到窒息而亡，稍稍动了动身体，双手弱弱推了推可安的胸膛以期拉远一些距离，能平复心跳，而空白一片的大脑极其需要氧气供给。只听得已睁开明眸、似笑非笑注视着她的可安戏谑出声："别把我推远哦，不然等下你摔得很远，我可能来不及救你。""啊？啊！……"伴随着由疑问变作惊呼的大叫，双脚已离开地面腾

空而起，越过阻力直线上升，耳畔呼啸着风声和可安翅膀扇动的声响。钟爱一把搂紧可安的脖颈，将脸埋在他的颈窝，忽而低低的笑声传入耳际。钟爱抬眸羞赧地轻瞋了他一眼，匀速前进的飞行，与低云比肩的高度，既能看清周围似乎也能穿梭云端，鸟儿在身旁飞驰而过，叫钟爱好生欢喜。些许降低高度，生活的城市便尽收眼底，这样俯瞰整座城市的角度是钟爱从未体会过的，因为有可安护卫周全，丝毫不觉得害怕，这样的飞翔让钟爱洋溢快乐，她的表情感染可安，他改变了飞翔的速度与方式，不再担心惊着她而是想让她体会这其中乐趣。飞翔在可安的掌握中时快时慢、时高时低，时而与风速赛跑，时而迎着阳光徜徉，时而追逐鸟儿嬉戏，时而轻悠旋转……

带着明媚笑脸，他们降落在一处略显偏僻的简陋院落。院子里种着一些不同种类的蔬菜，院落中央的瓦墙矮屋虽显陈旧但并不残破。"这是哪儿？"进到院子里的钟爱询问出声，闻得声响的主人此时打开屋门，是位约莫十五六岁的小男生，在见到可安的刹那惊喜呼唤："可安哥哥？""是我，这些年不见，你都这么大了，还好吗？""有您的帮助，病已经好了。还多亏了那位好心人，我现在还能继续念书，等考上大学，我就能去那位好心人的公司实习啦……"好久没见可安的少年汇报着近况，注意到了钟爱的他问道："这位是？""是我的一位朋友。婆婆还好么？"可安简单介绍并不多言，少年虽然好奇也不再追问，向钟爱礼貌打了招呼继续回答可安："婆婆几年前得了青光眼，近

来眼睛越发模糊了。"钟爱跟着在前头说着话的两人一起进到了屋里。可安径直进到里屋去到婆婆跟前，婆婆虽然看不见但高兴地握着他的手，仿佛他是在外多时不常归家的孙子。"姐姐，您坐吧，喝水。"少年招呼钟爱落座，又在桌上递来茶杯，"姐姐，您也是和可安哥哥一样的'天使'吗？"钟爱摇了摇头："不是。"少年有些惊讶："可安哥哥第一次带朋友来呢，我还以为……"钟爱疑惑："你们认识可安很久了吗？""听婆婆说，十二年前的我，因为患有先天性肝衰竭被亲生父母遗弃了，是可安哥哥将我送到婆婆这里。在比十六年更早的时间里，婆婆的孩子英年早逝，她的丈夫因为无法面对这个现实离开了这里。于是婆婆开始照顾我，我成了婆婆活在这个世上新的牵挂。如今我长大了，也成了她的依靠。我的病也因为可安哥哥治愈，他让我们在这个世界上重新拥有了家人。"钟爱回头看着里屋的可安，只见他掌间升起着亮光附在婆婆的病眸上。

　　告别了婆婆与少年，可安又带着钟爱飞往一处老式公房。公房的某一个屋子里，住着一位手臂和脸上有着些许淡淡疤痕的女子。她对可安的出现万分欣喜。她告诉钟爱，原本她拥有一个美满的家庭，但五年前一场大火吞噬了她的生活。父母为了保护她双双葬身火海。而她被救援时脸庞和手臂、腿部均为轻度烧伤。当她带着残破的脸和失去双亲的悲痛，万念俱灰想要跳桥随父母而去之时，可安的出现给了她黑暗世界里唯一光明。他不仅用温暖的光亮恢复了她的容貌，更愈合了她创伤的

心灵。如今虽然还残留着一些伤痕，但这已不能阻碍她好好活着的勇气。这些年里她慢慢接受自己，慢慢勇敢面对那些生活狰狞的模样。因为每一次可安都会告诉她，为她付出生命已在天国的父母，仍然希望她在这个世间幸福地走完这一生。说也奇怪，当一个人渐渐学会接受所有的自己、好好爱自己，这个世间会出现真正爱你的人。她拿起床头的相框，一脸幸福地告诉可安，照片里与她微笑合影的男子正是她获得的爱情。可安想要伸手抚上她的脸庞，再尝试一次淡化她的疤痕。她却轻轻地微笑着拒绝了，并感谢可安为她做的一切。她说爱着她的人并不在乎她的瑕疵，这些痕迹而今对她来说是父母为她付出生命的印记，她希望可安如果有机会可以帮她转告在天国的父母，她过得很好，会更努力地生活。如果有朝一日能在天国遇见他们，她会骄傲地告诉她的爸爸妈妈，自己没有辜负他们的爱，没有辜负他们赐予的生命。

第八章 过往

归程两人一路沉默，着陆在离小树林不远处。可安牵起钟爱的手却向着小树林的相反方向前行，默默走了一段路。钟爱贪婪地依恋着掌心的温度，却也忐忑着两人之间的氛围。她隐隐觉得可安此时的沉默是隐忍着重要的话语，而自己其实也有很多话想问他想告诉他，关于可安帮助的人，关于自己对他的心意。终于她润了润嗓子率先打破此时的僵局，"那个……可安……"

可安忽而带着钟爱停下脚步轻声唤道："小爱……"这好像是可安第一次称呼自己的小名，虽然语气似乎有些艰涩，但落在钟爱耳里仍然动听到极致，望着他的眼睛，那明亮的眸子里清晰地倒映着自己，甜蜜的感觉从心上爆棚，盈满每一个细胞，脑袋却似乎有些停滞，红着脸愣愣地望着他。可安继续道："刚才那两位'孩子'，都有很爱他们的父母。"钟爱不以为然道："可安，你搞错了呢，一位有父母爱她至付出生命，而另一位是父母遗弃了他，爱他的是那位婆婆不是吗？""他的父母相爱的时候因为背景悬殊太大，他的父亲为保护他们母子，被迫屈服于家族压力另娶他人，他的母亲独自抚养着他，积劳成疾身患绝症，我到来的时候已回天乏术，她临终前将孩子托付给我，希望能找到肯给他一个家的人。这些年他和婆婆在一起是快乐的。他以为是我治好了他的病。其实是他的父亲出钱找到了合适的肝源，为他进行了移植手术。他的父亲也希望能与他相认，但怕适得其反，于是只能默默资助他的生活和学业以弥补亏欠。""那她的父亲为何会答应另娶他人？为何不拼尽全力留在他们母子身边？"因为钟爱的问话，可安眼中沉痛更深，轻轻抬手将她耳边碎发拨至耳后，手指轻拂过她的脸颊，轻声开口："小爱，这世间的事总是掺杂着太多的无可奈何，有很

多事很多人没有完全的对，也没有绝对的错。但有一点，是这么多年我所体会到的，这个世间的任何一种生命，都爱极了自己的孩子。'为人父母'这般感情尤甚，只是人的感情比起其他生灵更为细腻复杂，所以很多父母会用错了方式表达失误，但没有父母会真的不爱自己的孩子。"

可安执起钟爱的双手，看着它们小巧白净又纤纤玉指的模样，心生怜惜，不由自主用拇指轻轻摩挲着她白嫩细滑的手背，"小爱，你也有很爱你的父母。只是发生了一些事，你的父亲不得不让你的母亲离开了你一段时间……"钟爱震惊他的说辞，"可安，你说什么？你说我妈妈？你知道我妈妈在哪儿？你见过她？""是的。只是已经有很长一段时间，她的记忆里没有你们的存在。""什么意思？我妈妈不记得我了？怎么可能？"钟爱不可置信地望着可安。"很久以前，在你妈妈十几岁的时候，遇见了我的一位同伴。""同伴？""他叫可罗。每两至三年，我们会被委派到人间，帮助需要帮助的生命，但是每一次我们都会被派任到不同的地方，有机会再去同一个地方的时候也已经时隔多年，有时八年有时十年甚至更久，每一次在人间停留的时间也有期限，这是避免我们与你们产生一些不被允许的情谊。"听到这里，望着他的钟爱眸中瞬间浮上一层泪光，可安低下头避开让自己心疼难耐的眼神继续道："当年，可罗和你妈妈相爱了。当规定的期限到来，可罗不得不回去的时候，他没有清除你妈妈拥有的，关于他们的所有记忆，那些记忆散落在你妈妈的潜意识里。你爸爸从年少起就深爱着你妈妈，她和可罗的事，你爸爸很清楚。那段年少爱恋，当事人都以为自己忘了。直到你妈妈心脏病突发，你父亲虽然请来最好的心脏外科医生将她救治，但因心疾，遗留在她心上潜意识里的曾经的遗憾占据了她全部心绪，她根本不记得已经与你父亲结了婚，也不记得他现在的样子更不记得已经生了你，她只记得和可罗的事。"

钟爱想起母亲病发当日，自己和荣妈跟着救护车将她送至医院。妈妈被推进手术室之后父亲带着多位心脏科一级专家赶来。专家进行会诊后都进入了手术室，经过漫长的等待，专家们从手术室陆续而出，得知母亲已脱离危险的父亲终于舒展了眉心。但从医院回家之后，父亲却告诉钟爱，"妈妈需要暂时离开一段时间"；两年来无论她如何询问，父亲始终不肯透露母亲身在何处，只是一味告诉她，"再过一段时间"，荣妈也只是流着泪搂着她，说着妈妈一定会回来。可是久而久之，钟爱内心极小一处怀疑着，或许父亲和荣妈都说着善意的谎言，但这个念头令自己害怕、无助、彷徨。自此她冰冻自己的心，将一切不满的情绪和压力转嫁到父亲身上。

"这些事，你怎么会知道？"钟爱喃喃询问。"我救了你，参加了生日宴，令你父亲知道了我的身份，他找到我告诉了我这一切，希望我能让你妈妈恢复现在的记忆。我去见了她，但没有成功。或许只有可罗才能解决这件事。我已告知了他，明天，他就会来到这里。"说完这一切，沉默再次弥漫他们之间，钟爱沉思着这些可安带来的讯息，百感交集，欣喜于就要见到母亲，

内疚于错怪了父亲，愤懑于那个叫可罗的"罪魁祸首"，让自己的家遭遇暂时的分崩离析。但也有着些许同情他们的爱情，感伤于自己和可安不知将何去何从。凭直觉，她觉得可安似乎有所隐瞒，但又不知问题究竟在何处，稍稍理了理思绪喃喃出声："我爸爸为什么不告诉我实情呢？如果早些知道妈妈在哪里，或许我会少了很多心伤。"抬眸却撞进可安深沉哀伤的眸子里，那黑白分明的眸子此刻深邃幽沉，久久注视着她，仿佛要将她吸进心里永远镌刻。半晌，方才微叹口气强作微笑道："小爱，我想你父亲会很乐意解答你的这些疑惑，现在就回去问他好不好？"说着，牵起钟爱的手向着钟家慢慢行去。

默默无语十指却紧紧相扣，希冀这段路永远没有尽头，就这样走过漫漫人生，就这样走到天荒地老。但无论怎样放慢脚步，这段路终会抵达该说"再见"的时候。钟家院落前，可安忽然将钟爱拥入怀中，牢牢箍住双臂仿佛想将她嵌进自己的身体里，仿佛世界唯剩他们，仿佛只需全心全意感受彼此的心跳，仿佛已世纪般漫长。可安微微拉开距离，笑颜如昨轻轻捋顺钟爱额前刘海："进去吧，爸爸在等你。"钟爱点了点头欲转身进门，想起明日之事再次求证："可安，明天你会把可罗带来的是吗？"可安迟疑了一下，微笑肯定："他会来的。""那，明天见。"可安目送着钟爱进入大院，钟爱频频回首向他挥手告别，直到被女佣一左一右簇拥着进入钟家大宅，屋门关合将他们的视线隔绝，可安久久不愿离去，紧握的双拳诠释着内心的不甘。

钟爱望着可安的方向直到最后一丝缝隙也被阻挡，心下伤感。回身却见坐在大厅沙发里等待的父亲已站起身迎接自己，钟爱忽而发现父亲似乎一夜之间苍老了许多。独自保守着秘密，期冀着妻子回到身边，承受着女儿误解，等待一切归于原位的这一天又等待了多久。想到这里心下酸楚泪珠已夺眶而出，扑进父亲怀里断断续续的声音唤着："爸爸……爸爸……"龙拍着钟爱的背安抚轻哄着她："傻孩子，不哭了，回家了就好。"钟爱抱着双腿蜷缩在沙发上，将脑袋靠在父亲的肩头，父亲的肩膀依旧宽厚令自己安心。记得小时候，小小的钟爱总爱在父亲难得有空的时候靠在他的肩上，一边用嗲嗲的声音撒娇："爸爸，你的肩膀好宽呀。"每每此时，父亲总是朗朗一笑："那当然，做爸爸的一定要肩膀宽，要托起妻子托起宝贝女儿还要撑起整个家呢！"说着便将她托上肩头，妈妈会从厨房探出脑袋道："小爱，别缠着爸爸，让爸爸休息一会儿。"而爸爸会带着她蹑手蹑脚走到妈妈身后，一起给妈妈一个大大的拥抱。思绪飘至过往的钟爱，抬头看着父亲的侧颜，那鬓间的白丝刺痛了她的双眼，令鼻尖骤然发酸，吸了吸鼻子轻声问道："爸爸，我都知道了……你为什么不告诉我实情呢？"龙深深叹息道"你妈妈暂时不记得我们……太多的'陌生人'出现在她面前，她负荷不了……我也担心，如果见到不记得你的妈妈……这样的局面你会承受不了……""爸爸，那是我妈妈，无论她记不记得我，她都是我的妈妈，即使我会伤心，我仍然希望能够每天

见到她。"龙再次叹气出声:"是,爸爸错了,原本希望保护你们都别再受伤,结果却让你更伤心……天亮就能见到妈妈了,妈妈就能回家了……"父女俩坐着絮絮说了很多话,这两年不曾如此打开心扉平心静气的话语,仿佛都想一夜弥补……

第九章 遗忘＆告别

龙轻轻叫醒靠在自己肩头睡着的钟爱,待她扯开毯子,洗漱完毕,便赶赴母亲所在之处。"就快到了。"听到父亲的宣布,钟爱在车后座拽紧了父亲的手,以平复着有些紧张的心情。

车辆停靠在一幢白色三层小洋楼旁,小洋楼的布局与钟家大宅相似,一层是大厅、厨房以及女佣的房间,二层是一些医护人员的房间,以及摆放药物或急救措施之地。

钟爱跟着父亲来到三层,站定门前,龙对钟爱道:"妈妈这些日子就住在这里,这间房是她的卧室。"龙叩门,荣妈应声从里打开,见是他俩,悄然出房、轻带上门,钟爱探首想寻获妈妈的身影终究没能看清。"先生小姐,你们来了。""荣妈?"钟爱讶异荣妈怎会在这里,想起这两年荣妈时常不在钟家大宅,父亲说她告假陪家人,想必是一直在这里照顾妈妈。妈妈小时候荣妈就在外婆家照顾她,现在妈妈只记得十几岁之前的事,荣妈还是在她记忆里吧?思及此觉得心痛,妈妈真的不记得自己了吗？不记得爸爸了吗？

　　"这两天太太情况怎样？"龙向荣妈问起这两天因等待钟爱而忽略的妻子的情况。"没什么太大差别，这房子里的医护人员都已熟悉，所以没有太大的情绪起伏，医生早晨已做过例行检查，心脏已没问题一切正常。胃口也挺好，刚才早餐吃了些粥和点心。这会儿在看书呢。""我想进去看看妈妈。"钟爱提出请求。"这……"荣妈看向龙征求同意。龙点了点头，"我们一起进去吧。"荣妈有些犹豫但还是开了门将他们引进屋内，荣妈唤着正在看书的羡心："心心，你看谁来看你了。"羡心从书上抬眸看向龙，露出一抹清甜的笑容，缓缓道："钟先生，您来了。""心心这几天过得好吗？"龙微笑询问。"承蒙您关照，很好。"依然是客气到极致的语调，当看到站在龙身后的钟爱，"这位是？"发现陌生的来客令羡心顿时有些局促不安，眼神闪烁地看向荣妈，荣妈也不知该如何介绍钟爱，支支吾吾地望向龙求救。面对完全遗忘了父亲和自己，将他们当作陌生人的母亲，钟爱的心此刻落至冰点。但对母亲这么久的思念以及被至亲遗忘的心痛哀伤，化作豆大泪珠翻涌出眼眶，更化作满腔热血直冲脑门，一个跨步到母亲跟前摇起她的肩膀："妈妈，我是小爱，我是你最爱的女儿啊！妈妈，你怎么可以不记得我了？妈妈，妈妈！"钟爱哭喊着母亲试图唤醒她的记忆，但效果却适得其反，羡心因害怕而惊声尖叫，扭身挣脱钟爱的牵制，有些尖利的指甲抓伤了钟爱的手，她忍痛放开了母亲。羡心起身逃到床上，用被褥将自己牢牢裹起，身子还在不住地发颤。荣妈赶忙上前安抚，钟爱仍想到妈妈跟前被龙拦住。"先生、小姐，太太刚刚好些还是不能受刺激呀，急不得呀！"荣妈出声阻止，龙将仍呼喊着"妈妈"的钟爱半抱半拉带出房。

房门关上的当口，一旁响起玩味的男声："哟，我好像来得不是时候？"闻声看向来人，女佣尴尬出声禀报："先生，这位可罗先生说有重要的事找您和太太。""知道了，你先去忙吧。"龙吩咐。钟爱抹干眼泪注视已站近一些、迎视着龙目光的可罗，白衣白裤衬托一派清雅俊逸，眉宇间与可安有几分神似，但与可安纯粹的清亮不同，他的眸子虽澄澈却更显几分魅惑。"好久不见，别来无恙吧？"已手插裤袋，状显轻松的可罗出声招呼，龙却忽略寒暄直奔主题："我的夫人近来抱恙在身，有劳可罗先生远道而来将她治愈，不胜感激，请！"说着，对可罗向着羡心的卧室做出邀请的手势，可罗弯起一抹似自嘲又似嘲弄的魅笑，摇着头、叩响卧室的门，荣妈侧身让他进屋，可罗轻唤着仍蜷缩在床用被褥蒙着头的羡心："心心，我来了。"羡心缓缓露出脸庞望向可罗，泪滴悄无声息滑落："可罗，我找不到五瓣丁香花，怎么办？我找不到……"坐上床畔，可罗伸手抹去羡心的泪："没关系，我来了，我在这里。"可罗回头看着目不转睛注视他们的龙道："我想和心心单独聊一会儿。"语气不是征询而是肯定的陈述。龙握了握拳迟疑着并未收回目光，可罗了然道："放心，答应的事我会做到。"龙向荣妈点了点头，荣妈会意从外轻轻带上屋门。

靠在墙面，看着攥紧双拳立于被关合门前的龙以及来回踱着碎步的荣妈，钟爱知道此时的他们内心都承受着无比的煎熬，期盼这件事可以尽早结束。良久，那扇门终于从内被打开，荣妈一个箭步立马进屋，瞧见阖眼平静安躺于床的羡心，不明就里抬头质问可罗，可罗安然答道："记忆被打散重组，她当然需要休息一会儿。"龙望着可罗以毋庸置疑的语调一字一顿道："我希望，这是你最后一次出现在我们的生活里。"可罗眼中失落一闪即逝，望了一眼羡心，似无所谓地耸肩道："当然，反正她已不再记得我。既然我答应的事已完成，那么，后会无期。"说着便转身离去，挥手于空中告别。龙踏步进屋等待羡心醒转，而钟爱却有着很多话想问可罗，她向着可罗离开的方向追去。

在小洋楼的大门口，钟爱追上了可罗。当他预备展翅之际，钟爱出声挽留——

"等一等。"

可罗回眸见是钟爱，收起了翅膀："有事吗？钟小姐。"

"我有几个问题想问你。"

"我想我应该会乐意解答。"望着钟爱严肃的表情，可罗弯起一抹魅笑。

"你当初是真的爱我妈妈？"

爱，童话

"当然。"可罗不以为然。

看着他的笑，就想出声将他一军："天使的爱都是真诚的？"

"是，不然我们怎么放心让丘比特射箭？"可罗半似真半似玩笑的回答噎倒钟爱。

"你们隔几年就会来到人间，还是去到不同的地方，那么多年了，你没爱上别人？"钟爱试图扳回一城。

"哟，看来可安告诉你的还真不少。不过，你以为我们跟你们一样善忘多情？"他的回答令钟爱深觉这次被抢白的，不仅仅是自己而是整个种族。

沉默一瞬，钟爱缓缓出声："你们有没有试着留在这里？这份感情真的不被允许吗？"这个问题，她不敢问可安，却也想知道是否该挽留，是否还有希望。

"天国有个传说，只有一位天使冲破禁忌与爱的人留在了人间，但多年来这个传说从未被证实。因为这个传说，有很多天使试着在回天国的期限到来、天界之门打开之时，分离自己的翅膀以求摆脱'天使'身份的'桎梏'，但等待他们的是

——'灰飞烟灭'。"

可罗眼中此时的无奈似决然宣告着钟爱与可安的结果，令钟爱万般绝望，却也轻声质问出声——

"既然如此，你当初为何不抹去我妈妈的全部记忆，而是让她带着你们的回忆承受如今的苦楚？"

"当初的我，真的以为还有机会见到她，我不想所有的美

好，只能我独自回忆。可是太久了，久到我以为她一定已经把我忘了。我告诉她，只要找到五瓣丁香花，我就会出现在她面前。原来，她一直记得……"可罗眼中仿佛盛满一湾柔水沉浸在过往的记忆中，目光回旋定定望向钟爱："你的眼睛，和你妈妈很像。"瞥见她手背上的抓痕，掌中浮起光亮想为她治愈，只听钟爱淡淡阻止："不用了。"可罗又露出那抹魅笑道："眼睛挺像，脾气倒是完全不同，你妈妈温柔多了。"钟爱刚想出声反驳，可罗故作惋惜状道："这小伤得让可安好好愈合，可别留疤了。天界的门过会儿就开了呢，那傻小子估计想为爱奋不顾身一次，我可不希望回去的路上只能形单影只……"望着已拔腿往小树林方向跑去的钟爱，可罗眼中的无奈和嘴角的苦涩笑容将自己淹没。

钟爱一路奔往小树林尽头，四周迷雾渐深遮挡去路，未平复气喘吁吁的自己便失声大喊："可安……可安……我是钟爱……你在哪儿可安？可安……可安……"迷雾散去些许，尽头的那片草坪和小木屋渐渐清晰眼前，草坪上的可安周身散发着有别于平日的灰暗光芒，翅膀与身体连结之处翻涌出鲜血已染红白色羽毛，双拳紧握身侧、仰面痛苦表情，令钟爱痛哭出声，扑进可安怀里抱紧他，迭声央求："可安停下，求你停下，不要试了不要试了，我不要你灰飞烟灭，不要不要！"灰暗光亮终究逐渐消退，可安眼含泪光，轻轻抹去钟爱滑落脸庞的泪："对不起……小爱，我不能在你身边。对不起……我不该打扰

你的生活……"她手指轻抚上他的唇，阻止他自责的话语，轻摇着头，又连带着更多的泪滴簌簌而落："谢谢你救了我，谢谢你让我的家重新圆满，谢谢你出现在我的生命里带给我的快乐，有你出现的这些日子，是我不想遗忘的幸福……"

分离就在眼前，不想最后时刻留下的是泪水，想要将笑容印刻在他的心海，钟爱抹干泪痕，挤出一抹微笑，故作玩笑地道："可安，如果我们再次相遇的时候，我已经变成一个老太婆，你千万不要来找我，那些丑丑的样子我不要让你看到。"可安隐忍着眼眶中打转的泪意，强作欢颜道："不会的，小爱永远都会漂漂亮亮的。"钟爱嘴角上扬着幸福弧度，但泪滴却倾泻而出："你还会来看我吗？"可安抿唇抵过心痛却仍诚实道出："我不知道，对不起。"钟爱安慰地轻摇了摇头，继续问："你会记得我吗？"可安哑然道："会。"这个字出口令钟爱再度泪光泫然："我也不想忘了你，可安，让我记得你。不要抹去我的记忆、不要抹清我们所有的过往，好不好？"可安的心生疼刺痛，"对不起，小爱，我害怕重蹈覆辙，我害怕你在今后的生活里因为我而觉得痛苦。""有你的记忆是幸福不是痛苦，哪怕今后只能抱着有你的回忆生活，我也会觉得幸福。"钟爱泪眼蒙眬，乞求着今日之后关于他们之间情感的唯一交集，不要被如此销毁殆尽。

可安轻抹她凝于腮的泪，抚上她的脸庞，诉说着歉意，手掌滑入她的脑后将她拥入怀中的刹那，早已抑制不住的泪，终于簌簌地顺着眼角而下，道出无数"对不起"都似乎无法填补心内的愧疚与心伤，闭上双眸的瞬间，附于钟爱脑后的手掌已散出抹去这段记忆的光亮。望着怀中因记忆被击碎重组而暂时晕厥的钟爱，解落她颈间的天使项链，愈合了她手背上的抓痕，慢慢吻上她的额头——这一场从开始便注定结局的相遇，你的一颦一笑都将滞留我的心底，而所有的遗憾、思念、愧疚、心痛，也都由我独自承担。钟爱，在没有我的人生里，你要一直幸福啊……

第十章 尾声

阳光犹如顽皮孩童，它蹦过窗户嬉戏在房间的每一个角落，也唤醒了做着美梦的钟爱。起身打开阳台门与温暖阳光好好亲近，伸展着四肢，倏然瞥见小花园的花丛间隐隐约约有着某种闪烁，钟爱探出身子想瞧个究竟，奈何在阳台的位置仍是看不真切，好奇地下楼来到花园里寻觅。原来在一朵粉色玫瑰上悬挂着一条项链，是那坠子在阳光下闪耀生辉。钟爱拾起它看清了模样，原来是伸展着一双翅膀的小天使栩栩如生、散发着熠熠光辉。钟爱觉得无比可爱与亲切，它似乎肯定这条链子是属于自己的，诧异它怎么留在了花园里，却怎样都想不起来它是如何来到自己身边的。正当她琢磨着是不是父亲送的，忽而传来妈妈的呼唤，钟爱忙应声回答，母亲循着她的声音出现在阳台上："小爱，你怎么还没换衣服就跑去花园了呀？爸爸公司

今天有答谢股东和客户的餐会，他来电话说已经派车来接我们咯，快点上来换衣服，别着凉了。""好，我就上来了。"钟爱答应着，看了看手中叫人爱不释手的项链，将它戴上脖颈，向大屋行去……

找到你……

　　"找到了……找到了……找到你了……呵呵呵……我找到你了……"伴随轻言轻笑，那抹倩影相较往日梦境更翩然靠近，但依旧模糊无法清晰……

　　"嘀嘀嘀……"闹钟扰梦的声响，依旧准确无误地击碎蔺子谦想要看清"梦女"容貌的长久愿望。没错，他称呼这位时常与他在梦中相会，却从来模糊容颜的女生为"梦女"。他已经不记得这是第几次梦见她，而梦中的情形相似连"梦女"的对白也是如出一辙，反复低喃"找到了"，但身影却是离自己更近了些。虽然一直好奇着梦境，但也明白现实的问题更为困扰，认命地按停闹钟，磨蹭着洗漱换衣来到客厅，果然，一桌略显丰盛的早餐以及父母殷殷期盼的神情，无一不提醒着大学毕业的他，已是第三次被应聘公司婉拒的现实。胡乱往嘴里迅速塞着早饭，点头应允着父母的鼓励和打气，虽然父母不曾责备，但关切仍似无形巨浪煎熬着他的心，逃也似的离开家，踏上未知的前途……

　　坐在应聘的第四家公司面试官前的子谦，与前三次一样，低头弓背、不敢与面试官对视的模样，已令他被扣减不少分数，藏于黑框眼镜后的双目，垂视着此时拽紧着涔涔汗湿、置于并拢双腿之上的双拳，连准备好的自我介绍都表达得磕磕绊绊，对于面试官的提问更是答不出半句水准之语。结果可想而知，迎来的不是欣喜肯定，但也不是确定回绝，而是请他等通知的结论。经过前车之鉴，对自己面试极无自信的子谦，了然这又是一次敷衍。颓然地慢行于街头，烦恼该如何告诉父母这又一次的失望。正潜心思考的他，忽而感受到掌心处传来的小小力道，原来是一个三四岁的小女孩正仰着圆圆小脸，轻轻摇着他的臂膀引起注意，向周围瞧了瞧没有发现她的家长，蹲身与她平视，握了握她软软的小手道："怎么了小朋友？认错家长了吗？"小女孩望着他摇了摇头。子谦继续耐心问道："迷路了？找不到家？"小女孩继续面无表情摇了摇头，子谦瞧她不哭不闹的模样，估摸着家长应该就在附近，看着她可爱的小脸不禁伸手摸了摸她的头，笑道："小朋友，你的家长在哪儿？我带你去找他们好吗？"小女孩倏然指向马路中间，顺着她手指方向，子谦望见一位身着纯白连衣裙，有着一头瀑布般倾泻而下长发的女子，因为距离看不清她的容貌，"那是你……"问话被突如其来的一幕哽在喉头，只见一辆面包车由远及近向她的方向驶来，司机丝毫没有刹车的意思，而她也一样毫不避让，却依旧注视着子谦的方向。来不及多加思索向孩子喝令"别走开"，便飞身向白衣女子跑去。她的容颜渐渐临近，那一双眉眼灵动万分，似曾相识之感油然而生，却无过多时间细想，在面包车

即将撞上他俩之际，箍住女子，带着她利用身体缓冲向前旋转，堪堪避过了迎面而来的车头。可是眨眼间不见了女子的踪影，正当他向周遭巡视错愕之时，被他逼停的面包车司机下车破口大骂："臭小子！活腻啦！该死的！你在马路中间转毛圈啊！"仍想向着聚拢看热闹的人群里找寻女子身影的子谦，被面包车司机一把揪住领口，他慌忙解释"刚才有个女生在你的车前……我是为了救她……""什么女生，哪来的女生！老子就看见你从边上冲到我车前转啊转的……"司机不依不饶。"真的有，穿着白衣服长头发的……可是一下子就不见了……"子谦解释着、边向周遭路人求证，希望也有人瞧见了刚才白衣女子。可是围观人群面面相觑，都对他的说辞莫名其妙，有些路人七嘴八舌地断定他精神有问题，有些路人说他眼花，更有些向仍揪着他衣领的司机劝架。瞧着他手无缚鸡之力的样儿，面包车司机显然也不想在众人面前恃强凌弱，或者真欺负了有精神疾病的人，松开手骂骂咧咧地开车走人，这才使得路人一同散去。

　　那似曾熟悉的身影仍旧牵动着他的心弦，想要追寻的心思被鸣笛的汽车声震回现实。慌忙跑回路边找到上街沿的那个孩子，不等他追问她先看见的白衣女子，孩子的妈妈已赶来身边一把抱起她，爱责她再不可乱跑，戒备地瞧了子谦两眼，向来处行去。趴在母亲肩上的小女孩挥手意为道别，他无奈地回应着，却发现孩子的目光和道别似乎都是越过他，望着他身后的某一处，疑惑回眸，只见那道白色倩影仁立在不远处，生怕她再次

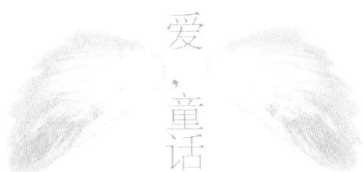

消失，子谦向她飞奔而去。

眼看临近白衣女子，熟悉的双眸渐近，可是眨眼她又消失不见。有了前车之鉴，怕再被当作失常患者，虽张望找寻也到底不敢声张。本就因面试而失意的心情，又因这一连串的不如意更加垂头丧气。

坐上离家不远小公园里的长椅，埋头思索该怎样面对父母的殷殷关切，自己今后的人生又该何去何从。正冥思苦想间，眼角余光瞥见左侧相邻长椅上忽现一抹白，虽然专注于思绪，但他很确定刚才并没有人坐上了那个长椅。好奇转眸，却对上那双熟悉也已印刻心海的灵动双眸，直觉与本能交替冲击脑门，好奇引发恐惧之感油然而生，想要逃离，可那双眸却有魔力般将他定格原地。四目相望时间静止，半晌，只见女子微微而笑，灵动双眸愈发幻彩，似自语般轻声宣告道："找到了……我找到你了……""你……你……你到底……到底……是谁？"好不容易找到自己舌头的子谦结结巴巴地询问，既然逃不掉那也得死个明白。"你是叫，子谦？""你……你知道我的名字？你到底是……"子谦更为错愕，女子清灵的笑容绽放脸庞，双眸凝望着子谦，喃喃自语道："真像，连名字也像……"幽幽开口的轻语，盖过子谦想要再次出口的问询道："我会帮你……你的任何烦恼……我都会帮你……"轻笑着瞬间消失得如同一缕稍纵即逝的烟云袅袅。良久，错愕得仍保持着同一姿势的子谦才想起改换坐姿，方才的景象实在太过虚幻，他自我安慰一

定是幻觉，可她是"梦女"又怎么解释？好吧，一定是刚才自己不小心睡着了，那肯定是梦境！

　　夕阳西下，黄昏的余晖已为这座城市镶上一层金边。任再深的苦思冥想也无济于事，子谦起身慢慢向家的方向行去。行至门前，终是决定以最坦诚的方式告诉父母实情，握了握拳开门而入，一阵饭菜香扑鼻而来，望着满桌丰盛菜肴的子谦怔立门前，愧疚之感升腾而起。正巧母亲从厨房端菜出来："哟，儿子回来啦，来来快点洗手准备吃饭了，今天妈妈做了好多你爱吃的菜。他爸，儿子回来啦……"只见父亲手中拿着瓶酒向自己迎来："还站在门前做什么，今天爸爸跟你喝一个，庆祝庆祝。"都怪自己这次公司的笔试部分依旧过关斩将甚至名列前茅，以至于父母对这次工作成功录取再次信心满满，惨不忍睹的面试估计又要令他们失望了，虽然万分不忍，但终是开口解释："爸、妈，其实……今天……""今天你面试的公司打了你好多电话，说是没人接，人家直接打到家里，说你笔试分数很高，愿意明天再给你一次面试的机会。"母亲面带笑容告诉他。"是呀，听公司口气，明天只要好好表现，这工作啊铁定能成功。你这孩子下午怎么手机打不通？"父亲补充母亲的话语，却也不忘问出老两口疑惑。揪心忽然反转为幸福的节奏，多少令子谦有些诧异，不过为避免二老深究未接来电的原因，他无比自然地展现作为儿子的"打哈哈"功力——一边叫嚷好饿，一边体贴母亲辛苦做菜，一边动情盛赞佳肴美味，一边与父亲把酒言欢，一边表达决心明日一定好好表现，一边展望事业美好未来……

夜深，躺于床上的子谦久久无法入睡。今日的情形与长久的梦境，令他的脑袋还不能放松身体进入休憩模式，第N次翻身侧卧，忽而发现黑暗中，那双正心念的灵动双眸出现在床边，暗光里眸中依然波光潋滟。子谦转身平躺，喃喃非议自己："这不还没睡着嘛，怎么又梦见了？！""对呀，你怎么还不睡呢？"似惑似嗔语声轻响，令子谦瞬间明白不是梦境，弹坐起身，却在她做出噤声手势的同时将低呼压在喉头，已适应暗色的眼睛将此时"梦女"双手交叉趴卧于床沿，正抬着那双令他莫名心内百转千回的灵眸望着他的模样瞧了个分明。"梦女"侧身坐上床沿，仍然执着刚才的问题："为什么还不睡？你是在想我吗？"啊？连想什么都能知道？子谦的表情已出卖了他心之所想，望着他诧异、害怕、不知所措、想往后退又无法动弹的样子，"梦女"终于轻声忍俊不禁，"子谦，别想太多了，我会帮你。可也需要你有饱满的精神应对明天的面试，乖，好好休息……"子谦忽觉睡意袭来，抑制不住缓缓躺下的身子，强撑着想要耷拉的眼皮，望着"梦女"喃喃疑问："你……你……到底……"重新趴卧于床侧的"梦女"，双手交叉撑于下巴，眸光灵幻道出："晚安，子谦，明天见。"隐没于黑夜之中。沉入梦乡的子谦依然与"梦女"相遇，她轻言浅笑着："找到了……"距离渐近，眉眼越发清晰，正是那长发白裙女子，笑颜如花。

　　走进面试室仍旧忐忑的子谦，在望见立于墙边的那一抹带着流光溢彩的双眸，对自己微微而笑的白色倩影时，说也奇怪，除了讶异，似乎心上更多了一份心安，原本紧张的心情平复些许。依旧佝偻低头，吞吞吐吐地总算完成了准备好的自我介绍，四位面试官请他就为何希望拥有这份工作，对工作和个人在公司的规划以及在笔试中拔得头筹的企划方案进行陈述。这三个问题其实对于子谦来说并不难：企划方案的陈述，鉴于面试官已看过他的方案并已得到肯定，只需着重挑选出彩之处进行更为细致以及方案中可更为改进之处进行阐述，或许初出茅庐的大学生在方案中无法倚靠经验，也缺少了对于公司的切身了解，但有更为注重创新意识以及独属于年轻人的新型思维方式的优势，加之对于之前所查阅公司历年资料以及公司举办各类具影响力活动的了解，子谦在笔试中当场完成的方案，虽略显稚嫩但已令考官们啧啧称赞，所以就方案做出陈述，并不困难；关于工作及个人在公司规划，这份蓝图子谦在投出应聘简历的当下便已有所思考，对于工作的热忱以及个人规划没有不切实际的野心，更多的是把握当下、脚踏实地的用心，还有对职业生涯的期许和需要的努力；而对于希望拥有这份工作的答案，有对自身职业生涯的负责和理想，也有对年迈双亲殷切期盼的如愿，情理相合。可是，那么多头头是道的回答只在他的脑海漂浮，微张着双唇却是说不出任何只字片言。从小到大，不善辞令似乎是子谦的标签，追根溯源或许是童年体弱多病，而父母为生计奔波，总难免留病中的他独自面对一室寂寞，懂事如他体恤父母不易，小小年纪已学会佯装坚强。童年影响一生，久而久之便形成了害羞、腼腆、内敛、不擅与人交流的性格，但这并不妨碍子谦内心那个小小的自我世界的成长。逐渐长大的子谦不善表达却未停止思考，所以虽然独来独往，相处的朋友不多，但学习倒也不差，加之抛头露面的学生会或者发表感言之类的活动一概拒绝，成绩排前不声不响也让老师们颇为省心，所以他的学生生涯过得还算轻松。

可如今走出校门步入社会，不同于做题思考出答案，就能顺利过关了。子谦明白这个道理，却在天人交战了三百回合之后，仍无法将所思所想用清晰语言表达。正当他自我交战的烽火连绵向着失望沮丧蔓延之时，忽听见悦耳的女声响起，那声音似乎近在耳畔又仿似遥远幻声，子谦抬头准确望向声音来源，却发现"梦女"所立着的原本面试官们的位置，此时空无一人，"子谦，这里暂时没有别人，只有我们，我知道你对这份工作有着很多见解，告诉我，你的想法。" 望着"梦女"灵幻双眸此时的鼓励眼神，听着那些温柔的引导，子谦终于慢慢道出对于那三个问题的所思所想，表达流畅、思路清晰、情理相容。回答至尾声，相望着的"梦女"对着子谦展露欣慰与肯定的笑颜，而子谦亦报以感激的笑容。忽而三位面试官复出现眼前，点头称赞之余，主面试官当场表示子谦已被录用，和颜悦色地问他什么时候能上班？子谦被倏然出现的他们以及直接拍板入职的

节奏弄得有些发懵，望着立于面试官身后正向自己鼓励颔首、展露着微笑的"梦女"，子谦讷讷回答："随时都可以。""很好，我希望你今天就能开始熟悉你的工作。下午人事经理会与你签署正式合同，试用期一个月，薪酬方面你也可以提出自己的期望。欢迎你加入我们。"面试官起身，子谦与他们一一握手言谢，表达会努力工作的决心。而"梦女"向着子谦竖起大拇指的手势，微笑着挤了挤右眼示意一切顺利。如此娇俏的模样和灵动笑颜令子谦心头一滞，愣愣地望着"梦女"消失的方向。

　　被带至即将每日都要工作生活的办公室，望着电脑、电话、文件框、笔筒、抽屉柜子，一应俱全的办公环境，子谦着实有些小小激动。正是办公时间，为避免妨碍同事工作，子谦在电梯处向父母通了报喜电话并向保洁阿姨借了抹布，准备擦拭一番自己的办公区域用品。在洗手间打湿、拧干抹布，刚立于解手池前想要方便，忽听得传来那悦耳之声："子谦。"子谦受惊过度、一个趔趄、反身退靠于墙面，震惊地望着正双臂环胸、侧立于洗手台边、带着玩味笑意、歪着脑袋、饶有兴致地注视着自己的"梦女"。"你……你……你怎么在这儿？这里是……"结结巴巴、吞吞吐吐询问出声。"没关系啊，又没有别人，而且只有你看得到我。我是来恭喜你的，子谦。"笑意盈盈的模样化解尴尬。意识到自己姿势狼狈的子谦，赶忙调整立直走向"梦女"，"谢谢你，刚才……""梦女"轻轻摇了摇头似是自语般："我会帮你，任何事。"忽而"梦女"抬头定定望住子谦，一字一

顿地告诉他："我是灵儿……子谦……我是灵儿……"幻眸此时坚定，闪烁着期望，牢牢注视着子谦，似要从眸望进他的心底。子谦因灵儿此时的眼神，微愣间真诚地微笑着重复道"灵儿……原来你叫灵儿，很好听的名字……"灵儿眸中希冀顷刻泯灭，失望地收回目光微微低头。子谦问出困扰多时的疑惑，打破静默蔓延："灵儿，我想问你……你……究竟……究竟是……？"究竟是仙是妖是魂是鬼？究竟来自哪里又为何而来？究竟为了什么总是出现在我的梦里和我的身边？究竟说着"找到了"又是什么意思？可是这些多日来的疑问，都在灵儿再次消失和其他同事推门而入的刹那生生落回心里。已习惯了灵儿的无声无息、忽隐忽现，再则已做好若有别人在同一空间，的确不适合与灵儿交谈的心理建设。于是，他瞬间恢复，若无其事地做完本就要在洗手间进行的一切，带着湿抹布回到办公桌。刚把原先无人办公，显得蒙灰的工作区域收拾妥当，市场部企划组主管，也就是今后领导子谦的上司，便带着厚厚一摞文件出现在他面前。

"哐！"随着文件落桌，鼠标都被震远了几分。子谦愕然抬眸，望见一张用鼻孔俯视着自己，虽然弯折眉眼、上扬着嘴角，却依然使人清晰感知满面假笑的脸孔，发福的面庞和凸起的肚腩，眉头间距过窄，不仔细看仿佛全然连结着双眉。意识到可能是上司的子谦，赶忙起身恭敬礼貌颔首道："您好。""嗯。"简短的鼻音，隐含着不屑，面庞却还堆着假笑道："蔺……那个蔺什么？""我是蔺子谦……"子谦报上自己的名字。"哦，蔺什么谦，我是企划组的主管吴帅帅，你可以叫我吴主管！"假笑着亮明身份后做出痛心表情，"唉！现在的应届生，都像初生牛犊不知天高地厚！得到了一点赏识，以为就能一飞冲天，简直不自量力，其实不过职场菜鸟一只！是不是啊？蔺那个什么谦？"子谦莫名于这番话的意思，来不及多想只是愣愣地点了下头。吴帅帅厚眼皮眯眯眼，打量着子谦的表情，随即又换上假面堆笑道："不过呢，我看着蔺什么谦，你一定是个脚踏实地的人，不会有这种不切实际的想法。进来我们企划组的人，都需要一步一个脚印努力从基层开始工作。呐！这是我们企划组在我的领导下，这些年为公司所做的大大小小的活动资料，你按照时间排列，录入一份电子目录给我。年轻人嘛，手脚麻利，今天就发送目录的电子档给我！"说着得意洋洋地拍了拍子谦的肩膀。眯眯眼扫过状似工作、实则竖着耳朵、探头探脑、全程关注这边的，部门区域内的其他组员们，忽而双目一瞪："都好好工作！完不成方案的都别想准点下班！"说完回独立办公室，关上门的刹那，企划区域的扮鬼脸、翻白眼、吐啐声，此起彼伏……

　　子谦认真翻阅着文件资料，不时做着电脑录入。直到同组三位同事邀请他一起午餐，才发现已时过正午。跟着同事们来到位于公司地下一层的餐厅，同事们热心向他介绍了好味的菜肴，选餐入座，四位年龄相仿的年轻人一番熟识。原来他笔试第一，得到第二次面试机会开了公司招聘的先河。面试他的三

位考官，分别是集团新委派至公司并分管市场部的副总裁，新上任的市场部总监以及人事总监。而"特殊情况"的子谦，在面试中获得三位肯定并立即进入公司的消息也不胫而走，子谦讶异自己原来早已名声在外，更惊讶于公司内部的小道消息传播速度之快简直令人咋舌。子谦一贯地在初入环境中少言少语，吃着午餐静静听着三位同仁向他普及着公司人事信息。忽而，比他早一年进入公司的倩莹让他小心主管吴帅帅；与子谦同龄作为应届生，刚过了实习期正式进入公司，却有着一张可爱娃娃脸的婷妮，连忙点头附和；比他稍长两岁的陈涛道出原委——吴帅帅本是靠上一任市场部总监进入公司的，本身并无真才实干，却靠着奉承拍马以及与总监的特殊关系，被提任为企划组主管。可惜，属于他的好景并不长，集团权势斗争难免殃及池鱼，上一任公司副总裁被调任之后，市场部总监另谋高就，但谁也没想起带走这位自诩"领导心腹"的企划组"主管大人"。新任副总裁与市场部总监上任以来，对他的工作都不满意，他的阿谀奉承在新任领导处更是屡次适得其反。于是公司内部笃定他迟早被降职，只是领导们还未寻获合适的下一任企划组主管，甚至他被扫地出门的小道消息甚嚣尘上。于是，无真才实学傍身的他，只能变本加厉压榨组员，以期在企划案上让领导改观，而获得新领导表扬赏识过的员工，都成了他的假想敌，所以这也就解释了为何他给了初来乍到的子谦，他认为的所谓的"下马威"。婷妮告知，本来自己实习的方向并不是企划组，原先企划组的一位同仁离职后，吴帅帅向领导申请将自己调到了企划组，从此开启了她不仅需要完成超负荷的工作，还额外承担起为吴帅帅跑腿打杂的私事儿。倩莹补充，前一位离职同仁也不过大学刚毕业，正是因为受到过领导些许关注，而被吴帅帅使计离职的。三位同事善意提醒已是领导亲口称赞过的子谦，要多加小心。欢迎新同仁的午间小憩，就在子谦向三位同仁由衷道谢中结束。

回到办公桌前的同仁们，又开始埋首在各自的工作中。下班钟点未到，"大主管"吴帅帅便向组员美其名曰"谈合作"，提包扬长而去，除了初来乍到的子谦，其余组员均向其背影露出"鬼才信"的表情。不过送走了这位间歇性聒噪的主儿，直到下班，大家虽认真手头的工作，但不时聊个天开开玩笑，氛围轻松。下班时分，倩莹开始对镜梳妆，陈涛见状调侃："哟，倩倩妹妹，今儿个又要会亲郎呀？"正描着眼线的倩莹手一抖差点戳中眼球，忍住翻白眼的冲动："哪儿来情郎？八字没一撇呢。"陈涛继续嘴欠："是呀，你别误会，知道你没那么快脱单，我说的不是情郎，是'亲郎'，相亲郎！"倩莹抓起桌边用于修饰多余妆容的纸巾，回头对着邻桌的陈某人甩出一记眼刀，以威胁的眼神慢慢捏成纸团，状似攻击，实则扔进他桌旁的废纸篓。陈涛竖起双拇指嬉皮笑脸道："妹妹好眼力！"本就玩笑意味的倩莹，再绷不住，颤笑着连描眼线都困难。倩莹前座的婷妮，闻声趴于办公桌隔断屏风，一脸天真问道："倩

莹姐，你今天和那位警察叔叔约会吗？"倩莹眼也不抬直接吐出："不是，今天相亲外科医生，警察叔叔已成为过去。""啊？又拜拜啦？"陈涛夸张惊讶。"好像才见了一次呢，那这次外科医生应该不错吧，我表姐就特别想嫁医生呢。"婷妮搬出实例证明。倩莹翻着刷完睫毛的美眸，玩味道："其实姐是和平主义者，这些个动刀动枪的真心不适合我。"陈涛抢白："行了行了，别强词你那些歪理，已经第几个了，认识就再见，会不会太儿戏了？""哥哥，你以为我乐意？我这叫没有将就没有伤害！遇不到对的人简直是苦不堪言！feel 啊，懂不懂，feel 啊！只可意会不可言传！""我懂我懂，心动的感觉，要遇见喜欢的人。"对爱情也有憧憬的婷妮立马附和。"哪来那么多爱情心动的感觉！感情可以培养，就像我和我女朋友，我们都知道对方不是最有感觉的人，但我们是适合对方的人，感觉嘛，差不多就行了！女孩子的青春就那么几年，就真的都消耗在虚无缥缈的感觉上？再说了，双方同时喜欢上对方的概率真的微乎其微，多数情况很可能流水不知落花之意，到时候真成了剩女，不要说爱情，婚姻都成问题。这问题上，我们男生确实占有先天及社会优势，而且我们也更现实地懂得爱情不该是人生最重要的，所以也就简单得多。是不是，子谦？"一番劝解说辞情理相携，末了还不忘搬救兵辅助。可惜埋首于今日一定要完成的工作中的子谦，其实压根没在意同仁们的对话，此刻也只能以含糊其辞的"哦、嗯"参与此次突入的话题中。

爱情观的不同，依傍现实的劝慰无法真正抵达心灵，倩莹一边收拾妥当、一边谢过陈老师的苦口婆心，最后以一句："我宁愿用我的青春做赌注，去等待一个对的人。也不想用余下的人生，编织一座无爱的婚姻牢笼。"结束此次观点碰撞。"嗯嗯，我也这么觉得！加油，倩莹姐！你一定会找到你的 Mr. Right 哒！"婷妮一手握拳、小手一挥，为与自己内心有着相同想法的倩莹鼓劲打气。"乖，我们惺惺相惜。走啦，明天见。"与各位打完招呼，倩莹一甩微卷长发，踏着小高跟鞋晃出了办公室。陈涛夸张地长叹口气，痛心疾首："怎么办？她已经病入膏肓了！婷妮，我今天送你到车站！我们好好聊聊，你还小，认不清现实有药可救！""啊？不用了吧，我们这不是病呀，我们这是注重爱情……"婷妮解释。"少辩解，快点走了。""啊？哦，好吧。"婷妮瞥见仍在电脑前认真工作的子谦："子谦，你还不下班吗？""哦，吴主管让我今天要将录入的内容发邮件给他，我还差一些，就快好了。""这吴帅帅真是欺负人！你又成了他的新一号假想敌，试用期期间小心些。"陈涛吐槽吴帅帅的小人之心，再次提醒子谦。

向两位道谢告别，子谦继续在文件与电脑间奋战。向母亲报备了加班，知道老两口原本为他正式上班又准备了一桌佳肴，面对母亲语气中稍稍的失望，子谦更加快了工作的速度。正当录入接近完成，他翻阅着文件，潜心分析着最后一项企划案例，忽而听得一声："这些有那么好看吗？""嗯，可以摸索出很

多门道。"心思在案例中的子谦自然地回答。诧异中倏然转头，被近在咫尺，一同看着自己手中文件的灵儿，吓得文件掉地。直起身的灵儿，自然地微笑挥手招呼："晚上好，子谦。"望着捡文件两次而不得的模样，以为他对自己仍心存疑惧的灵儿眸中笑意淡去几分。子谦捡起文件望向灵儿，只见她低眸颔首下拉着嘴角，子谦不知为何竟读懂她的担忧，心下了然道："灵儿，我看文件太专注了，竟然没发现你在这儿，所以才吓了一跳，你什么时候来的？"因他的话语而展颜的灵儿，幻彩双眸此刻似嗔似娇道："我在这里好一会儿了，不想打扰你工作，可是你发现我的时间有点久呢，我都要以为你不愿意再见到我……其他人都下班了，为什么只有你一个人在工作？"听到如此在意自己，子谦嘴角上扬，为疏忽道出对不起，并解释了今日主管交代的需要完成的工作。这前一句"对不起"，让灵儿愣怔地望着他半晌，灵动双眸似乎潋滟泪光，她眨了眨眼收回泪意，发现他的后半句话颇为值得推敲，秀眉微蹙道："上班第一天竟然加班，他欺负你吗？""没有吧……""如果他敢欺负你，记得告诉我。我晚上去找他！""啊？""吓死他！帮你报仇！"说着，灵儿举起双手做出利爪状，微眯双眼配以相应冷厉表情，却在下一秒吐舌绽笑表示只是玩笑。目瞪口呆的子谦也忍俊不禁："没事的，我能应付。他以为如此是给我下马威，其实他不知道，这些企划案例、策划的活动，对于刚进入公司企划组的人很重要，我可以从中了解经常合作的客户，以及这

些客户对于企划活动的不同需求，也能尽快掌握公司领导层对企划活动类型大致的喜好。""哦，虽然我不太懂，但是原来这里面能看出这么多信息呀。"灵儿俯身于子谦身侧，再次以近在身旁的距离，垂目细瞧他手中的文件。为她讲解自己从中所获的子谦，忽而微微抬眸，凝注眼前的脸庞无法移开目光，那魂牵梦萦的眉眼、灵动幻彩的眸子，此刻正忽闪着认真探究文件，那长而密的睫毛每眨一下都似乎拂过自己的心上，小而挺直的鼻梁、樱唇微抿，小尖下巴和"特殊身份"造就的苍白"肌肤"，被下垂着的长发遮掩些许。子谦心内感叹，虽然不知灵儿从何而来，但无论在哪个时代，她都是漂亮的女生，心跳突如其来强烈运动，子谦明白，对于灵儿的出现，与其说是害怕，倒不如承认不明就里的悸动和些微的紧张更为贴切。灵儿似是感受到他的注目，就在灵儿回眸看向他的瞬间，子谦掩饰地垂目注视文件。

披星戴月回到家，品尝二老为他留着的佳肴晚餐，和还没休息的父母聊了聊工作。洗去一身疲累，躺于床上的子谦睡意全无，一会儿有灵儿的回忆悉数闯进脑海，一会儿纠结灵儿究竟为何找到自己，一会儿希望随时都能出现的灵儿最好现在就如昨日般出现床边。可惜左等右等，躺着转眼珠，坐起环顾四周，就是不见灵儿那缥缈白影，随即自我安慰："灵儿今天陪着我加班这么久，现在该累了，需要休息休息。灵儿……需要休息的？不需要的吧……没听说过那什么也是需要休息的……怎么不需要？当然需要！……不然现在怎么不出现？！" 如此天人交战了三百回合，终于得出令自己满意的答案——"赶紧睡觉！梦中相守！"逼迫自己沉沉坠入梦乡，而灵儿也如愿在梦乡尽头，带着笑颜如花依然对他喃喃："找到了……"与之前不同的是，灵儿似乎离自己更近了些，但看似不远的距离，却好似有一堵无形的墙，任是他怎样努力，都无法紧握住灵儿向他伸出的纤手。

　　床头的闹钟，准确无误地将他从努力亲近灵儿的睡梦中带回现实。早晨九点，已坐在办公桌前的子谦，虽然还在为梦境些许忧虑，但已准备好迎接新一天的挑战。主管吴帅帅还未"驾到"，婷妮问起倩莹昨日的相亲情况，倩莹长叹口气，趴于桌面，为又一次的失败显现无力感，归根结底还是三个字"没感觉"，所以连优势都变成了缺点。倩莹无力叙述最令她无语环节——用餐期间，那位大外科医生，居然向这位第一次见面的女生，叙述他了不起的手术细节，连切开患者、手捧跳动心脏、缝起裂处的等等细微之处都一字不落。包括上医学院时，拿小动物做实验的细节，听得倩莹那一顿餐愣是一筷子没碰。末了他还关切地问，是否餐点不合胃口，还妄想着下次带她吃地道的三分熟血丝嫩牛排！倩莹落荒而逃。婷妮忍俊不禁，评点外科医生智商虽高，但情商是硬伤！陈涛继续持相反意见，夸人家那是造福人类，劝倩莹再多见几次，倩莹一手抚额一手连摆，表示无福消受。

　　轻松氛围，在吴帅帅踏着"气昂昂"步伐到来而结束。迅

速回座的企划组同仁，一派一日之计在于晨的认真工作景象，但依然消散不了"大主管"从早晨开始就满脸的低气压表情。行至子谦桌前，眯眯眼俯视着打量他，堆肉的脸庞抽了抽，开口："蔺什么谦，跟我进来。"进到独立办公室的吴帅帅好似卸下了伪笑的面具，将斜挎着的，和他肥成正比的包，重重往会客椅上一扔，坐于主管椅横眉竖目瞪着子谦道："别以为在规定时间交上了电子目录就牛了！企划组在我的带领下，做出了令公司上下都不容小觑的成绩！"没给到子谦下马威，吴帅帅深觉火上心头，但此刻夸大其词地标榜了自己好一会儿，却只见子谦低眉顺耳地站在跟前令他发作不得，着实发现人家才上了一天班，真没什么事儿能训斥的。忽然心生一计，翻出抽屉里某张名片，随手在便条纸上写下一串数字，扔给子谦，"呐，这是与我们企划组有合作的某家公司的联系方式，我们一直有意向继续与他们合作，你联系一下，这个案子你负责。"说着挥了挥手打发子谦出去。回到办公桌的子谦，在婷妮指了指电脑的提示下，登录了昨日被加入的名为"吐槽根本就不帅"的QQ群，发现三位同仁已对他一早入"肥穴"颇为关注——

靠谱@涛："看到不帅那张抽筋的脸了没有？"

莹莹清流："万分清晰，一天到晚好像我们欠了他似的！"

婷婷小仙子："怎么办，子谦好像被叫进去一会儿了，不会有人身伤害吧？"

莹莹清流："放心，伤害这种事，他是不敢的。顶多进行莫名其妙的言语攻击。"

娉婷小仙子："嗯嗯，可是他的身形就是让人有些害怕呢……"

靠谱@涛："别看他常常对着我们叽叽歪歪，其实他的大块头，全是虚胖！"

莹莹清流："诶，涛哥哥，好像有啥新情况要告诉我们。"

靠谱@涛："莹莹妹妹真是冰雪聪明！前些天下午，我们电梯故障过一次，那天我正好跟他一起外出，只能下楼梯，结果才下了三层，他已经喘得要晕过去了，我差点想打120，还好我们所在楼层不高，不然我真怕他死在楼道里……"

莹莹清流："哈哈哈哈哈……怎么觉得这么开心呢……哈哈哈……"

靠谱@涛："为的是前一句还是后一句？"

莹莹清流："全部！"

娉婷小仙子："哇噻噻！电梯真给力！我从今天就开始祈祷，希望每天早上在不帅进大楼时电梯就罢工，他下班时电梯故障，等他登楼梯时，电梯又被及时抢修恢复正常！！！"

莹莹清流："握手握手握手！！！"

靠谱@涛："哈哈。"

……

在三位同仁的关心下，子谦在群里一五一十，将吴帅帅的意思告诉了同仁们以及便条纸上吴帅帅要他联系的号码。三位同仁分析，子谦现在已是吴帅帅的新任假想敌，所以没能在上班第一天给到他下马威，觉得特别没面子。至于那个号码，三位同仁纷纷表示有些眼熟，建议他可以先致电询问一下。

午餐时分，向来嚷嚷着办公室女生更要保持身材、注重节食的倩莹，破天荒啃着酱烧猪蹄、吃着咖喱牛肉、嚼着三杯鸡块，任凭三位同仁行着注目礼，也丝毫没有放慢速度消灭面前食物的意思。陈涛终于忍不住："妹妹，就算昨晚拿刀医生亏待了你，今天也不用这么补偿你的胃吧……""是啊，倩莹姐，你不减肥啦？"婷妮也眨巴着大眼问。"姐现在真没空减肥！昨晚我逃回家后，我妈撂狠话了，说是后面还有一个'排'等着我相亲，据说都是有国外背景的，不是留学回来的就是已经移民的。为了迎战'八国联军'，我现在必须补充能量！"嚼着牛肉口齿不清，但意思却分明落在了三位耳里，"扑哧"，婷妮忍笑不成索性毫不遮掩，陈涛刚想进行教育，倩莹已将话题引到了子谦身上。原来便签上的号码是馨暖家居公司的前台总机，三位同仁迭声感叹"不帅"的"手段"越发炉火纯青。这家家居公司也算是公司原先合作得比较愉快的客户，但近来不知为何，有意向合作的项目，对方总是不满意企划方案，公司层面自然是不愿意流失合作过的客户，所以馨暖家居也从愉快合作的等级，晋升为企划组最近难搞客户 No.1；三位继续吐槽"不帅"还真是小伎俩层出不穷，就连给个号码也要难上一难，居然写的是总机号码，愣是叫完全不明状况的子谦，不知该找对方哪一位了解近况；继续分析，"不帅"此举可将上层的不满转移到子谦身上，更是想趁着子谦如果完不成任务，便可在试用期间捕捉差池，将他驱逐。子谦举出"下马威"的例子宽慰同仁，不紧不慢地吃着午餐，面上一派镇定，不知道的人以为他从来沉着冷静，其实他内心也在七上八下，可他清楚这份工作得来不易，而且并不打算熬不过试用期就卷铺盖走人，家中还有对他有着期望的父母，子谦明白面对难缠的上司棘手的公事，他必须全力以赴。

好在还有三位可爱的同事，不然子谦真要为自己这人生的第一份工作哀叹了。怀着感激的心情，找到了同仁提供的馨暖活动部负责人谭先生。虽然有了对方的直接联系方式，但生怕引起反感，这第一个电话，子谦仍是拨打总机转接。与这位谭先生初次通话比预想的愉快，对方也表示了合作的意向，但是企划案却是被总裁悉数驳回，最近馨暖的首推新家具为一套真皮可调式沙发，谭先生表达了希望接下来的企划方案，针对此套沙发进行推广宣传，并答应将相关产品信息及活动意愿通过邮件形式发给子谦。

有了相应的信息，知晓了对方的需求，回想着整理过的成功案例，子谦开始着手投入方案策划中，每日加班至九点、十点，成了这段时间的常态。又一个晚归的工作日，避开了下班高峰，空旷的车厢只三三两两地坐着乘客，倒是方便了这些时日，灵儿与他同坐末尾靠窗座位，伴他披星戴月的归程。有了灵儿的

陪伴，少了些许寂寥。为避免引起侧目，子谦依旧低声与灵儿说着话。他自有记忆开始至今的所有事，只要她想知道的，只要他记得的，全都毫无隐瞒地告诉她，他的家人、他的工作、他的企划案、他喜欢的不喜欢的、他在意的事，好像自己的一切，都愿意毫无保留地与她分享。流光满目、笑意盈盈倾听着的灵儿，忽然敛了笑容，回眸望着因到站，刚刚关上的公车前门方向，眸中幻彩流光附上一层寒意。子谦不解地望了望依旧空空如也的车厢，确定方才的停站并未有人上下车，只能轻轻出声询问灵儿。意外地，灵儿并未像往常般浅笑回答，仍是保持着同一些许戒备姿态，直到车辆再次停站，车门打开之后，才恢复如常。"灵儿，你怎么了？"子谦担心地再次询问出声，"你真……真的想知道？"望着灵儿欲言又止的模样，子谦心内担心更重几分，表情认真地点了点头。"嗯……其实也没什么……就是……前一站有个人上车了……她想靠近……电光火石间，我把她赶下车了……"灵儿支支吾吾、赔着笑脸地解释着。子谦莫名其妙，人？哪来的人？刚才两站明明没人上下车啊，刚想追问，倏然明了，瞬间结巴："刚……刚才……有……那，那个……你……你们那儿……""嗯，是个刚成为我们那儿不久的'人'，所以只能在车门开启时进来车厢，估计她还觉得新鲜。为了避免节外生枝，让她知道你看得见我，我道行深把她赶走了。"灵儿尽量注意措辞，拿捏着不至于吓到子谦的分寸，耐心解释着。他并不害怕灵儿的身份，他清楚自己喜欢灵儿如此伴于身侧、

忽隐忽现的日子，甚至明白自己贪婪地汲取着灵儿带来的安心之感，所以始终回避着灵儿并非"同一种族"，如此现实而难以逾越的鸿沟。可是不想，并不代表鸿沟就能窄缩为沟壑，子谦满心期望不得不面对现实的这一天，不会以残酷的方式铺展在面前。灵幻流光的双眸，此时溢满浓重悲伤，灵儿轻轻皱起眉心，静静望着子谦跌入思绪、沉默不语、愁容布满眉间的侧颜。

当吴帅帅以掩饰不住兴高采烈的神情和语调，在企划组高分贝宣告子谦的企划案被馨暖驳回的消息，子谦这段时间的努力化为泡影。不但神采飞扬，吴帅帅更明显了幸灾乐祸的模样，一边说着初入职场的小伙子还需更努力的风凉话，一边破天荒招呼婷妮为同仁们泡上咖啡，犒劳大家的辛苦工作，并吩咐照例送一杯进他办公室，便带着心花怒放到眯眯眼窄成缝的表情返回他的办公室。"吐槽根本不帅"群里，同仁纷纷表示安慰，而那杯名为"故意"的咖啡，端给不帅就好，省得他揪着那副嘴脸再跑出来叽叽歪歪。婷妮磨蹭着去茶水间泡咖啡。子谦与同仁聊了一会儿，开始思索自己的方案不尽如人意之处。在网站平台进行推广的同时，新型公众平台的覆盖面更为全面，而地理位置不错的馨暖家居实体店，无论是路演活动抑或馆内针对新推出的真皮沙发的站台活动，均在子谦运用的线上线下结合的企划案中，就连推广的礼品，比如馨暖打折券等，也在环节之列……不对！一定是哪里出错，不能受到馨暖的青睐……沉思着的子谦，忽觉气躁，端起茶杯，找到楼梯间的窗口，想

吹吹风平复心情。忽然听得似乎楼上传来嘤嘤哭泣，办公期间无论撞见谁情绪崩溃，都会有些尴尬，可他的脑中却不知为何闯进灵异片里，主角常听到的女性哭泣的情景。担心此刻是灵儿流泪的他，身随心动，三步并作两步窜上楼梯，在上一层的拐角，看清了泣声的主人——婷妮带着泪湿的脸畔，红肿着眼眶，像一只受惊的小兔子，正圆睁着双眸，望着突如其来、瞧见了她全部狼狈模样的子谦。

　　"婷妮，怎么了？发生什么事了？"正因为是平时相处融洽的同组同仁，除却同事的身份，婷妮就像一个可爱的妹妹，此时的关切替代了尴尬，说着坐到了婷妮身旁，而婷妮也因为撞见此刻自己这番模样的是子谦，消减了害怕与不自在。望着还在流泪的婷妮，子谦赶忙递上手绢，再次关心询问，"怎么了，婷妮，是家里有事吗？"婷妮抹着眼泪，摇了摇头，"是……是吴主管……""吴主管？他骂你了？"子谦刚想以"吴主管总是心情不好爱骂人"作为安慰，只见婷妮委屈地瘪着嘴，轻轻绞着手帕，"不是……是他……子谦……你不要告诉别人……"得到子谦肯定回答的婷妮，继续诉说委屈缘由。原来婷妮被吴帅帅调来企划组之后，常被要求为他泡咖啡送进办公室，而他就趁此机会，对她动手动脚。婷妮不敢贸然反抗，每次只能逃出办公室，也不敢告诉别人，怕吴帅帅公报私仇，好不容易找到的工作，以后的日子更难熬，但她的隐忍却滋长了吴帅帅的色心，刚出校园初入社会的她，完全不知道该怎样应对，只能找个无人角落委屈流泪。面上神色稍变，实则心内目瞪口呆，曾在新闻里，听说过此类办公室丑态，却没想到近在咫尺，这样的情形，安慰的话语根本没什么实际之用，可又给不出建设性的意见，这样的事的确不能贸然上告领导，毕竟手无证据、口说无凭，万一被吴帅帅无赖地反咬一口，没有资历的婷妮，说不定无颜以对周遭的误解。望着婷妮委屈抽泣的模样，焦急束手无策的当口，忽听得似幻似真嗓音响起："那就用滚烫的热水泼他，烫到他再不敢胡作非为！"子谦诧异闻声望去，只见灵儿屈膝坐在高于他们的台阶上，双手搁膝、一手托腮，向着抬头望向自己的子谦做出噤声手势。子谦琢磨着灵儿的话，觉得不失为杜绝吴帅帅"咸猪手"的好方法。面对婷妮的顾虑，子谦分析了吴帅帅之所以如此肆无忌惮，就是认准了婷妮好欺负、不会反击，色厉内荏的人总是挑软柿子捏，但凡让他尝到些苦头，便再不敢任意妄为！子谦循循劝说和依理有据分析的"咖啡烫手"方法，终于令婷妮化委屈为勇气，答应会勇敢惩戒，而当下需要好好洗去泪痕，继续工作不显异样。

婷妮离开后，子谦才能好好与灵儿说话，"灵儿，你来了。""嗯，就在你专注递手绢的时候就在了，可惜你太专注没发现我来了。"勾着一抹稍似不悦笑意，眨着幻彩明眸，望着此刻因她的微嗔，就差抬手抹汗的子谦。子谦慌忙解释："她哭得很伤心……我只是想安慰她……她就像小妹妹一样……""我知道，你一直都这样善良。"灵儿微笑望着他。灵儿的

肯定笑颜令子谦心定："灵儿，刚才告诉她的方法，我觉得会
很有用，谢谢你。""我并不在意她的事。而且这个方法，是……"
灵儿定定望住子谦，灵动双眸似有万般言语。子谦惊疑于灵儿
偶有的欲言又止，也时而发现，灵儿望着自己的时候似乎又像
透过自己注视着另一个人。子谦刚想疑惑询问，灵儿垂目半分，
再抬眸已是敛去方才所有情绪，"是别人教我的。我有件事要
告诉你，关于你在做的那个企划案。我遇见了馨暖公司总裁的
女儿，但那个十岁的孩子，已是另一个世界的'人'。""另
一个世界？你是说……"灵儿带来的讯息，捕获了子谦的全部
注意。灵儿点头继续道："她不久前发生意外辞世的。她的父
母在她很小的时候就离婚了，一直是她母亲抚养着她。可是馨
暖总裁太忙了，很多时候无暇顾及她，常常将她交给保姆和司
机照顾，而意外也是在司机接送她的放学路上发生的。在世时，
她最大的愿望，是希望母亲能带她坐飞机，可是她母亲忙于事业，
一直都没能兑现……"

随着灵儿消失，回到办公桌的子谦，思索着灵儿带来的讯
息，重新着手修正方案。

吴帅帅一脸菜色衬托失策表情，通知子谦到会议室与馨暖
负责人开会。子谦才知道自己的企划案已被馨暖通过，而馨暖
不仅活动部谭先生与会，总裁白女士更空出时间亲自出席此次
会议，这更确定了子谦心内所想。踏入会议室，当初面试他的
副总与市场部总监均在座，原本这样规格的会议，做企划阐述

的应是企划主管，当然吴帅帅的肚皮除了脂肪就是草包，未必说得出所以然，但白总裁指明要求聆听负责构写此次企划案的人亲自阐述。子谦硬着头皮起身往讲台走去，每靠近一步都觉得小腿肚难以抑制地发颤，投影灯光令他不住眩晕。虽然企划方案了然于胸，可当下大脑一片空白，完全不知道该从何说起。忽闻那及时一声："子谦。"心慌而空白的思绪和双目所及，因这一声而明晰。"子谦，你为这个企划案付出了很多努力。现在，正是你对企划案的想法付诸成功的重要一步。别紧张，将你写这个企划的想法告诉他们。"立于身侧的灵儿，伸手覆于子谦紧张交握、置于讲台上的双手，明明感受不到触碰的温度，明明只有一丝微凉，可慌乱却刹那消散，心绪被温暖心安笼罩。因灵儿而显现镇定的子谦，完整地阐述了企划案构想以及想要取得的推广效果，更着重将头等舱沙发概念，融入馨暖首推的可调式真皮沙发的推广中，主打温馨亲子理念更融汇在一系列推广活动的方方面面。馨暖白总裁当即表示希望尽快推动合作，告辞时的礼貌握手，子谦近距离看清了这位铁娘子，精致妆容掩盖不住眼神中的心伤和落寞，一丝不苟的盘发中夹杂的银丝无一不透露着，在坚强的表象下承受着无法言说的煎熬，包裹的是失去孩子的母亲早已千疮百孔的心。不知是投影灯光影响迷蒙了双眼，还是在讲台上瞧得更分明，子谦肯定，自己说出头等舱沙发概念的时候，白总裁在那一瞬间泛起的泪光。子谦知道，并不是自己的企划案，在一众前辈同仁甚至别家的比稿

中多么出类拔萃，更别提今日的阐述表达得根本不那么吸引人，至关重要的，是没能完成女儿心愿，没能好好陪伴女儿，而今因此内疚痛苦的白总裁，为日日折磨自己的心结，找到一个暂时的小小出口。成功合作，子谦功不可没，也因白总裁的那句调侃："贵司果然人才济济，试用期的年轻人也是卧虎藏龙。"领导们当即决定提前结束子谦的试用期，令他下周开始成为正式员工。

　　吴帅帅气急败坏回到办公室，喝令婷妮泡咖啡。忽然的反转，利于子谦的情形，他始料未及，想使计令子谦过不了试用期，没想到适得其反竟成了他成为正式员工的垫脚石。看到端着咖啡进来的婷妮，就想找找身为"大主管"叫人害怕的感觉！婷妮置咖啡于桌的当口，就见"咸猪手"向自己逼近——"哗！""啊！"随着满满一杯用沸水冲泡的咖啡，全数"不小心打翻"于吴帅帅的手背，婷妮在那声声惨叫中逃回办公区域。还没等婷妮向疑惑的同仁解释"咖啡打翻"，吴帅帅已提着红肿起泡的手，夺门而出、奔向医院。估计今后，他再不敢吩咐婷妮"泡咖啡"。婷妮向子谦由衷致谢，子谦致以微笑鼓励表情。成为正式员工的消息传回企划组，组员纷纷表示大快人心，拆了"不帅"的如意算盘。因倩莹仍然周末忙着相亲，陈涛要与女友规划生活，遂定于子谦成为正式员工的第一个工作日，庆祝聚餐。

　　子谦拗不过灵儿夜半三更的执着提议，更逃不过她梦中的不懈提醒，终于在周末假期大早，进行迎接正式入职的"改头换面"之旅。第一站，发型屋。灵儿说一个建议，子谦向发型师提一个要求，终于令他那头因整体过长、没有修饰，而显现杂乱无章的发型，得以修整干净，鬓角两旁原本厚重遮盖耳朵的部分被清理利落，仍是大刘海的发型，但拥有漂亮形状的清亮明眸、长长睫毛，终于重见天日；隐形镜入眼，替换黑框近视眼镜，五官的优点更被清晰呈现；立于试衣镜前的子谦，这身新行头已是被灵儿第三次摇头嫌弃的失败之选，没办法，只得继续逛街试衣再接再厉，最后在灵儿毫不吝啬的迭声称赞中，终于购入一套白衬衫配以米色休闲西裤，一套牛仔衬衣配以白色修身长裤，一件卡其色百搭款风衣，一双基本款棕色鞋履，清新中不失办公室风格，正式中带有活力不呆板。关键是这些穿搭不仅适用于工作也可穿着于悠闲假日，更重要的，它们衬托着子谦的那份清澈。摸着瞬间瘪下的荷包，子谦发现自己更在意的，是灵儿此时望向自己洋溢的明媚笑颜，以及那幻彩眼眸中此刻闪烁的光芒。子谦忽然觉得，现在这状况，算不算自己与灵儿的第一次"约会"？为了把这"会""约"得更切实际，子谦决定和灵儿一起……吃饭？不对，好像吃不了；喝杯饮料？好像一样情况；唱K？好像会变成自己演唱会；游乐屋？不好，灵儿只能在旁观摩；要不，公园里坐坐？太没新意！忽而灵机一动："灵儿，我们去看电影吧。"灵儿笑着应允。

浪漫爱情喜剧片的打算，被灵儿望着他、眨巴着美眸、指着灵异惊悚片海报的要求生生击碎，带着满头黑线，向柜员无

比自然地脱口而出："两张票。"影院柜员对于先行买票，等待女友到来的男士习以为常。但这一句话却镌刻进灵儿的魂魄里，嘴角上扬的弧度，带着感动铸就的幸福，抵达流光眸底，可在那灵眸深处，悲伤凄然更似巨浪翻滚。"子谦……我……我是不需要票的呢……"灵儿隐去一切情绪，只是微笑着提醒，子谦恍觉微愣，看了看手中的电影票，那微不可闻的无奈叹息，落在了灵儿的耳里，她任由眸中就快决堤的伤感蔓延，唇畔却依旧保持着微笑。检票处无法核对影票人数，检票前，子谦将一张票塞进了口袋。晌午时分的影院，寥寥数人，子谦挑的还是情侣雅座，虽然两人之前都经历了情绪起伏，但灵异惊悚片的威力到底不容小觑，情节吸引着观众全神贯注。正当一幕幽魂索命的戏码，惊得子谦背脊发凉，忽而身旁响起掩饰却难忍的"咯咯"笑声，子谦向灵儿诧异望去。发现子谦目光的灵儿，原本捂笑的纤手指向银幕，一脸无辜道："不是那样的……"瞬间打开话匣子，向着子谦证明："我遇见过一位曾被男友辜负跳楼自尽的女子，她告诉我，自己还有未完成的心愿，所以化作幽魂在这个世界游荡。每天她都会和抛弃她的男友共处一室，她的男友看不见她，却不论白天黑夜，日日被只有他自己能听见的'咚，咚'的撞击声惊扰，无论做怎样的检查都没有所以然。你知道那是什么声音么？"在影片的恐怖音效以及银幕暗光里，子谦周身被涔涔冷汗浸湿，竭力忍住想要拔腿逃离的冲动，但依然被灵儿溢彩流光的双眸所蛊惑，惊惧双眼紧盯

灵儿，静静等待下文。灵儿噙上一抹冰冷笑意道："虽然在那个世界她已恢复原貌，但她坠楼之时是头先着地。'咚！'的一声，因负心人而永远结束的生命。而如今困扰他男友的那些'咚！咚！'的声响，正是她每日在他耳边重演的，当时头着地的情景。不同于生命瞬间戛然而止，而今每时每刻，她都在他身侧倒转身体用头撞地，时刻提醒着他，当初亏欠她的一切。终有一日，她会让他看见自己，她要让他亲眼看见，当日连她坠下高楼，他都不愿意来送她最后一程的惨状。比起血淋淋的索命，这好像才是属于不同于这个世界的，最深的报复。"瞪大双眼，望着灵儿的子谦，令灵儿心下暗叹自己看电影太高兴，居然说了些不该让子谦知道的事儿，瞧他现在这般不知怎样才好的模样，简直就在脸上写了一个大大的"吓"字。话已出口再难收回，想说一些挽回的话语也只是徒劳无功，更想不出安慰的言辞，所以只能令静默在两人之间蔓延。突然银幕上传来凄厉的惨叫，"哗啦……"子谦手中爆米花撒了一地，原来是剧终时，电影为烘托气氛所安排的真人音效。随着影厅灯光全亮，观众陆续从恐怖氛围里回到现实，三三两两走出影厅，只有子谦仍于原座不为所动。工作人员于走廊提示观众离场拿好随身物品，在子谦近旁发现一地爆米花的情形，不免面露好笑表情，一男生独自观赏恐怖电影，被吓得打翻爆米花，更似乎腿软离座不得的画面确实有些搞笑。当然工作人员的心情，子谦当下完全没空理会，他满脑子都是"头撞地……头撞地……

咚咚咚……"的臆想与声响。在灵儿的轻唤中才稍稍回神，虚晃着腿和灵儿一起离开这一场，至少十天半个月都会记忆犹新的观影之旅。

以全新帅气之姿亮相公司大楼的子谦，从大堂开始，便受到了前所未有的注目光芒。虽然不习惯众人目光焦点，但到底已能不再低头躲避，而是抬头挺胸，却以最快速度冲刺到自己的办公区域。还没沾着椅子，已接收到来自倩莹与陈涛的喷喷称赞与夸张道帅："哟哟，这是谁呀？这么帅，不会是走错办公室了吧？""果然人逢喜事精神爽，原来不是屌丝而是帅气逼人！"子谦装着开电脑、翻文件，一副很忙没空搭话的样子，实则不好意思地闹了个大红脸。而此时脸畔浮上红晕的并不是他一人，没有加入调侃，却带着似一只熟透的红苹果般可爱脸庞的婷妮，正悄悄望着他。

下班后的 happy time 令组员们期待，尤其是今天的主角以这般全新形象示人。聚餐结束，陈涛提议去一会儿酒吧续摊，倩莹笑说，带着子谦帅哥，一定有女生请喝酒，并玩笑到时候见者有份。一整日都显得反常话少的婷妮，此时却开口："倩莹姐，你别老拿子谦寻开心嘛！"此话一出，立马遭到陈涛调侃："哟，看到没，连玩笑话都有跳出来帮腔的，今晚我们的酒可都靠你啦！"配合着话语，哥俩好地拍着子谦的肩膀。婷妮闻言抿唇红脸，望着温和微笑的子谦。来到酒吧的时间尚早，未至人声鼎沸，却已至夜生活开始之时热闹非凡，重金属的强音节奏直击人心,让身处其中的人们不自觉地跟随音节舞动身体,DJ播放的永远是震耳欲聋的音乐。这样的环境,撕扯着嗓子交谈依然听不真切,唯有贴面热聊,才最适合酒吧提供的暧昧机会,所以总有无数男男女女,喜欢在这样欢腾里掺杂着各种情愫的氛围中,度过一个又一个不眠之夜。嘈杂至极,却是每个人都遵循着自己的情绪释放,无暇他顾;比起安静气氛中,些微动静就会引起关注的情形,这里好像能让人变得更勇敢。于是,一整天只敢偷偷看着子谦的婷妮,借机频频在子谦耳畔近语。太过吵嚷,子谦在第四次侧耳倾听婷妮的话语时,竟在酒吧旋转灯光的明暗间,蓦然瞧见若隐若现于近旁,望着他们那落在旁人眼里显现亲昵姿态的灵儿。子谦张望寻找。发现他这般心不在焉模样的婷妮,忽而拽住子谦的胳臂,邀他赴舞池共舞,子谦想推脱,却换来婷妮更多的撒娇,连拽带拉外加摇晃着子谦的臂膀,就在他拗不过婷妮快要缴械投降之际,婷妮似乎没站稳,松开他的手臂就要向旁一头栽到地面,子谦眼疾手快拽住她的手腕,将她拉回,婷妮顺势跌入子谦的怀抱,牢牢箍住他的背脊。此时无暇推开她的子谦,正与立在他们面前的,本应幻彩流光此时满眸寒霜,周身透露冰冻的灵儿,无声对视。

"灵儿,灵儿……灵儿!你在吗?我们谈一谈!"深夜伊始,在与灵儿最初对话的小公园,四下寂寥,只余子谦的呼唤。心有灵犀,当子谦若有所觉回身,灵儿已悄无声息立在他身后不远。暗夜灯光下的灵儿,白衣白面,苍白的面容苍白的唇,

仿佛这世间最为洁白一粟，却更为明显地转瞬即逝，所有的"纤尘不染"都为衬托双眸的灵幻流溢，但此时，灵眸中的光彩却被冷霜覆盖。"灵儿，我问你件事。"望着灵儿无一丝变化的面无表情，子谦瑟缩眸光和缓了语气，"刚才婷妮差点摔倒，是不是……和你有关？"灵儿依旧定定望着他，只是无论眸中抑或周身都更添一层冰冷。这样的灵儿，忽而令子谦为自己的怀疑心生愧意，半垂眼眸，似乎不敢与灵儿对视，却执拗地想弄清原委，轻声再次出声："是不是？"轻启"朱"唇："你是在为她质问我么？"幻真嗓音透漏冷意，却听不出情绪起伏。喉结上下滚动、吞咽唾沫、舒缓心绪，仍固执开口："我只想知道，是不是……是不是灵儿你，设法让婷妮摔倒的？""是或不是，又怎样？对你来说那么重要？还是其实你的心里，早已有了你认为的答案？"灵儿微眯了眯此刻的冰眸，轻缓道出三个反问，直指他心。"我……我看到你当时在那里。""我也看到你当时正与她'如胶似漆'。""所以你推落了她？"这一句似是疑问实则肯定的语气，令灵儿的"心"抵达冰点，而嘴角弯起一抹更冰冷弧度。"我以为你和那些……和他们不一样！"子谦像是为先前的有愧、怀疑，找到了理直气壮的理由，这一句质责，简直是底气十足的低喝。"那你以为，我该是怎样？"至冻语声，令周遭温度都为之降低。"我不知道！我不知道你从何而来，为什么出现在我的身边？我也不知道你究竟为什么要找到我？难道像你告诉过我的，这也是你的某种报复吗？我

看得到你、听得到你，却感受不到你！如果你在意我和另一个女生的接触，我也想与你牵手和你拥抱，但我根本触碰不到你！为什么？为什么你变成现在这样，才找我与我相遇！为什么你要死？！"语速加急，分贝渐高，这些日子积压在心上的困惑、爱意、矛盾、纠结、不舍、猜想，统统在这一刻被宣泄。悲伤至极流不出早已干涸的泪，冰寒双眸涌上鲜红似是鲜血欲滴，此时全部的苍白唯独凸显那双眼血红，灵儿悲极反笑："问得好，我为什么还要出现在你身边！问得好！我为什么还要找你！问得好！我为什么会死！我为什么……就这样死了！"似是听到了这世间最好笑的问题，似是做了这天地间最为愚蠢之事，似是对自己的无限嘲弄，似乎抑制不住的悲凉笑声，幻真地回荡在黑暗的夜色中，那透露着悲怆又令人悚然的笑，在她锁眸紧紧瞪住子谦的刹那戛然而止。血眸盛放的复杂情绪中，不知为何，子谦在那个瞬间读到一闪即逝的恨意，突如其来一丝恐惧，却更惊惧地发现，此刻周身都被束缚，连指尖都无法动弹。忽然灵儿已在他面前咫尺距离，原本苍白的指甲此刻鲜红尖锐，向他的脖颈袭来。本应感受不到的触碰，却在此刻清晰感知颈项处因尖利传来的刺痛。怒意由自下而上、瞪视着他的红眸精准传达，收了指尖力道，但仍一动不动注视着他，仿佛想将他深锁进那双永远想看见他的灵眸中，那鲜红的双眼里满载着的深情、悲伤、痛苦、煎熬、愤意，令子谦的愧疚占据了对死亡本能的害怕。想看着他到天荒地老，但离别总是在猝不及防的时刻到来得太早。倏然收手，回身背对他，"你看见了，我如果真有心伤她，你以为你还能拽回她么，你觉得她还能完好无损地抱着你么！爱情能使女人变傻变嗔变痴，也能使她们变强变柔，甚至变得比以往更好，但有些女人也会变得想使出各种伎俩，只为能与倾慕的对方在一起……我曾在爱情里傻过一次……我以为自己学聪明了……但原来，依旧是个彻底的无可救药的傻瓜……"没有瞬间消失，而是一步一步离开他的目之所及，话已至此，他的怀疑与信任都再无须多言。他会否记得她离开的样子？这一次，能否换她住在他的记忆里？依旧无法动弹不能言语的子谦，只能眼睁睁看着灵儿渐行渐远，连道歉与挽留的权利都被剥夺，他害怕她就这样永远离开，从此再不出现。

又远了几分，又模糊了几许，但流着血泪的双目依旧清晰万分，无论怎样呼唤她都无济于事，模糊的唇畔微微张合着，似乎有着千言万语却无声无息。就在子谦伸手的刹那，灵儿急速后退，任疾步追随她的子谦，拼尽全力都无法企及。"灵儿……灵儿！"相同的梦境，一样的呼喊惊醒，自从小公园一别，这段时间，除了这频率降低到只是"偶尔"的梦中相会，灵儿几乎不再出现，消失得无影无踪，叫人怀疑这一切是否真的只是一个梦，但心动、思念、回忆、愧疚、自责、心痛、渴望见到她的煎熬，却又真实得令人倍受折磨。子谦闭目一手抚额，道出这又一句"对不起"。无论她是否在他身边，无论她是否听得见，无论她是否阻断了他们之间所有的连结，无论她是否隐

藏起自己，没有她在身边的日子里，今日叠加在无数"对不起"上的这一句，想要减轻因梦境带至心上多增的无限痛楚，但如以往经验一样，收效甚微。

整装出门，赶至馨暖家居实体店。今日，正是子谦策划的一系列推广方案中的重要环节，线下路演与馆内站台活动。虽然昨晚在现场加班至深夜，路演台赶工搭建完成，所有细节都进行再三推敲，但所有的活动演出，都存在着不可控因素，与当天的运气也密不可分。诸如现在，离原定的开场时间只差15分钟，从公众推广平台得知活动情况的观众已陆续赶来，在实体店门前路演台，表演开场舞以及穿插节目的歌者，就连路演后半部分中，契合"头等舱"沙发概念的"空姐"走秀环节的演员们均已候场，万事俱备的节奏，却迟迟不见本应最早到达现场做准备的主持人。在电话、微信、短信，轮番轰炸之后，终于从听筒中波澜不惊的女声告知"您拨打的电话已关机"这句话转换成带着浓浓人情、睡意蒙胧，却是让子谦在那个当下认为动人至极的"喂"。子谦压制着怒火，道明了这通电话的用意，哪知这位主持人显得茫然及无辜。原来昨天自称公司企划负责人致电她，"通知"她经公司决定，路演活动取消。为了弥补她这段时间为此项目所付出的努力，该负责人有一项在外地，但报酬丰厚的私活请她效力。所以这个点，她才在开往另一座城市的动车上悠悠醒转。因那位"负责人"将名片拍照发给了她，致使她无任何怀疑，没有再向之前一直与她联系沟通主持事宜的子谦确认。子谦道明了当下的情况。虽然错不在她，但那位小主持人深知自己在处理方式上存在欠缺，无论突然冒出的"负责人"如何巧舌如簧，她都该周全地向一直与自己联系的子谦做最后确认。艺能圈向来口碑与实力有着不相上下的重要性，明白这一点的她愿意配合子谦对于这件事向公司作证，并即刻将微信中"负责人"发于她的取消活动的"通知"和"负责人"名片照片发送给子谦，以此为证。不出所料，最希望他活动失败并能从中获益最大的就是吴帅帅"大主管"。安抚了那位小主持人，子谦知道由于经验不足，这次事件中自己也存在着失误，在准备活动的最后，一定要向所有工作人员进行最后通知和确认，以免出现如此疏漏。但当下不是反省的最佳时机，因为迫在眉睫的情况着实需要他及时应对。想来是吴帅帅为确保此次计谋万无一失，将小主持人调去外地，也同时以各种理由在他投入此次路演活动之时，支走了同组的陈涛他们。这段时间与灵儿的不快，致使他并未对吴帅帅的指示提出异议，想着独自完成这项工作，寄情忙碌，以暂时忘却，可能灵儿再也不会出现的念头所带来的恐惧与寂寥。可是如果灵儿能够出现，她一定能告诉自己当下最好的对策，灵儿……灵儿……你能听见我对你的呼唤吗？灵儿，我现在该怎么办？所有的努力似乎都要付诸东流……正当他徘徊于绝望边缘，忽闻那一声心心念念如幻似真的"子谦"，身心俱震，抬头四下寻找那魂牵梦萦的身影却徒劳无获，只闻再一声"子谦"，使得他屏声静气、全神贯注等待下文。"子谦，事出突然但也事出有因，你不能自乱了阵脚。而今最可行的办法，就是你拿起话筒踏上舞台，拯救这整个活动的，只能是你自己。""不，不行，我怎么能够上台主持，灵儿你知道的，我连面对众人说话都会磕绊……我不行，不行的……"子谦否定着自己，与灵儿的声音对话。"子谦，这个活动从方案的制定到筹备，都由你亲力亲为，主持人的串词也是你亲自所写，没有人比你更清楚流程，没有人比你更懂得这次活动想要突出的主题。而今日已来到现场的这些人们，都是基于对你企划案之前环节的诸多信任。子谦，勇敢一些，拿起话筒将你这段时间的所有努力，将馨暖家居的理念，告诉这些信任你的人们。"子谦默不作声处在矛盾中。他明白灵儿说的一切颇有道理，也知道眼下真的没有更好的方法，细细思索着灵儿的话忽而顿悟，紧接一阵狂喜涌上心头。虽然多日未见，但自己这段时日为工作的拼搏与不易，灵儿竟悉数知晓，这是否说明灵儿一直都在关注着自己不曾离开？这个假设性的答案，令子谦的心情明媚起来，原先的慌乱也生出些许笃定。挪动步子，在音控台执起话筒，却立定原地并未登上舞台。以为他还在犹豫又惧众心态作祟的灵儿再次柔声引导："子谦，难道，你甘心自己的努力成果化为乌有吗？难道，你任由小人的诡计得逞吗？难道，你愿意对你此次方案寄予厚望的馨暖公司见证你的失败么？难道，你忍心这么多因为信任你远道而来的人们失望而归么？"子谦向舞台迈出步伐，轻轻开口，坚定有力："当然不！我必须尽力让这一切不会发生！只是……"眸中闪过一丝狡黠，竟是些许撒娇的语气道："灵儿，我希望你能出现，让我能够看着你。灵儿你知道吗？只要能够见到你，我会更有勇气、更安心！"立定舞台边，无声在蔓延，子谦耐心等待着，一分一秒地流逝，却仿佛度过了几个世纪。正当子谦惴惴不安又满腹非议自己得寸进尺，有声音陪伴也是好的，瞧瞧现在这情况，灵儿说不定真离开了，可是自己提出的要求也是大实话，能够看到灵儿，才是最大的勇气来源。忽而，舞台前方有序围观的人群中终现那抹白，虽然有着一定距离，子谦仍是瞬间察觉，望着灵儿的方向，绽出这段煎熬的日子以来的第一个来自心底的灿烂笑容，提起注满勇气的步伐登上舞台。清晰激昂的开场白，带动路演活动的现场气氛，环环相扣的节目与展示产品设定引人驻足，互动游戏环节更是施展平日在家逗乐两老的实力加分活动，如火如荼热闹非凡，但子谦的目光，一如既往注定在有灵儿的方向。随着一个半小时的路演活动结束，台下观看节目的顾客们纷纷被吸引前往实体店中的展台试用馨暖沙发，使得销量剧增，也顺带着其他家居产品比往常销售翻倍。人群散去，匆匆跳下舞台的子谦，向灵儿所在的位置追去。"子谦。"馨暖活动部谭先生叫住子谦迈向灵儿的脚步。定住身形的子谦望着灵儿渐渐消失的模样，心内感伤，原来他仍在可能失去灵儿的危险边缘徘徊，原来他自以为灵儿肯现身是预示原谅他的想法简直大错特错，原来他有好多好多话想要告诉灵儿，

怎样认错都可以，只要今后能够一直看到灵儿。忧愁布满眉间，回身迎上谭先生。"子谦，这次的活动很成功，后续的一些工作还得再麻烦了。不过，主持的工作也由你一并承担是最新的安排吗？原先的那位主持人呢？"其实，子谦原本并不打算将此事告知馨暖，毕竟馨暖是自家公司客户，利于长期合作的原因，还是家丑别外扬的好，所以在得知吴帅帅使诈调离主持人，他孤立无援最束手无策的当口，仍没将此事捅给馨暖谭先生，而是因灵儿，鼓足勇气，先漂亮地解了燃眉之急。现下，谭先生先开口询问此事，生怕是自己上台没专业水准，让馨暖误会了自家公司的服务怠慢了这一重要客户，权衡之下，子谦将整件事情始末悉数告知。谭先生义愤填膺，当即表示会以合作方的力量，"提醒"对方领导为子谦主持公道，更道出馨暖今次的活动虽说是子谦的方案，但线下活动竟然除了子谦的全程把控，未派遣更多人员进行协助，碍着与子谦这段时间的愉快合作，才没向他们公司发难，原来全是姓吴的在搞鬼！子谦此时因灵儿愁眉微锁的表情落在谭先生眼里，令他误会了是子谦在为吴帅帅的不齿之行闹心，子谦的企划案获得馨暖白总裁的肯定，与其说是维系了双方的继续合作，从另一角度更是及时解救了因白总裁心结迟迟不能做推广，而急煞了的谭先生活动部。加之子谦这段时间为整个企划活动尽心尽责的付出，早已令谭先生对这位年轻后辈刮目相看，这从他对子谦的称呼中就可见一斑，没有生疏地称他"蔺先生"，也没有前辈居高临下的雅称"小蔺"，更没有什么所谓客套的英文名之类，而是亲切得像一位尊重的朋友般直呼其名讳"子谦"。向谭先生承诺为自己讨回公道致谢，但因灵儿心情欠佳的子谦，并未将此事太铭记于心。依然敬业地将活动工作完成。

翌日，子谦刚踏入大堂，便瞧见捧着纸箱，被两名保安押着迎面而来的吴帅帅。对着子谦怒目而视的那双眼，虽因愤懑比往常撑开些许，终于让人观察到，他的肥脸上还是有眼睛这一部位的，但终究因眼皮太厚毫无杀伤力可言，所以此刻的他这般表情配以厉声叫嚣："蔺子谦，我们走着瞧！我不会让你好过的！"如此这般，依然让子谦一头雾水，不明所以，愣愣地看着他被两名保安连拖带拉扔出了办公楼。更是在电梯、楼道里接收到同事们的声声贺喜，越发莫名其妙。彼时的公司，在子谦到来之前，就已沸腾，刚进入办公区域就被三位同事团团围住。在三位带着兴奋表情、叽叽喳喳、你一言我一语热情的表述中，子谦依稀排列出讯息。原来馨暖方面致电公司领导层，以合作方及私交的关系，盛赞子谦的工作能力以及敬业态度，随即将吴帅帅的所作所为进行知会，最后补上一句"期望贵司秉持与馨暖继续愉快合作的想法，秉公处理此事"。分管市场部的张副总大发雷霆，一大早便将人事总监和市场部总监叫到办公室，勒令立即辞退吴帅帅。此等令公司蒙羞，也令他颜面全无的害群之马，无论需要支付多少赔偿金，都要立即清理门户将他扫地出门，于是就有了方才吴帅帅被扔出大楼的那一幕。

同事们的声声道喜，是由于人事命令已下达，公示栏张贴出子谦被升职为新任企划组主管的最新信息。脱离同事包围，被市场部总监召见的子谦，在总监办公室被肯定了维护重要客户馨暖公司所做的诸多努力，希望晋职的他继续为公司尽心效力。并告诉他，吴帅帅被开除的一系列程序均已在操作中，子谦可以搬入企划主管的办公室。

回到办公区域，子谦继续被三位同仁团团围住，一边兴奋于吴帅帅终于被 K.O，一边继续恭喜子谦升职，一边吐槽吴帅帅多行不义必自毙，一边嚷嚷着要子谦请客，一边讨论着要去哪里庆祝。最后三方意见汇总统一，决定周末一起去新开的水上乐园游玩。子谦欢喜地看着三位同仁热闹的情形，感激着、留恋着，要他即刻就搬入独立办公室，他还真舍不得。父母因他升职而引以为傲的褒扬，领导们的器重，同事们真诚的贺喜，他本该为所获得的这一切觉得无比幸福，可是为什么在开心高兴的同时，心里空落落的，因为他想要急切与之分享这份幸福的她，依旧不曾出现，而在他的这份与所获成绩相匹配的成长里，灵儿，功不可没。

周末的阳光灿烂温暖，艳阳高照送来暖风几许，不会火辣辣地晒伤皮肤，却明媚得令人直想在它的照耀下欢快奔跑。蓝天白云的天气，适合出游适宜戏水。早上的水上乐园，还未熙攘嘈杂。一行四人双双入男女更衣室，换上得体泳装的倩莹，为自己裹上浴巾，拿起另一条准备递给婷妮，回身瞧见身着性感比基尼的婷妮，正对镜试图将自己本就秀色可餐的身材凸显得更为诱人，"倩莹姐，你觉得我的泳装好看吗？"倩莹了然的表情夹杂着一丝怜惜，"好看，可是我觉得好不好看不重要，你是特意穿给他看的，是吧？"婷妮闻言红了脸，低头轻道："你觉得，他会喜欢吗？""婷妮，婚姻的最佳前提是因为爱情，虽然爱情不是磨合、经营婚姻的唯一要素，但它是不可或缺也无可替代的最重要缘由。正因为有爱，所以我们懂得包容与迁就，而爱也给了我们相携到老的勇气与信念。这些想法，我和你共鸣。但是婷妮，女人的身体从来不是开启真爱的最佳钥匙，也永远不该是延续爱情的最佳砝码。"被洞穿心思的婷妮，蓦然抬头，眸光坚定望住倩莹："是，倩莹姐，我知道。但我想用我所有的优势，去赢得我真心喜欢的人。如果望而却步的失去会让我后悔痛苦，那我为什么还要抱着那些所谓的矜持与道理呢？"两秒的停顿，倩莹将手中的浴巾抛进竹篓，扬起一个鼓励的微笑："但愿他会懂得你的苦心，珍惜你的勇敢。走吧，你的男主角说不定已经在等你呢。""谢谢你，倩莹姐。"两人走出更衣室，向着游乐区行去，一路没发现等待她们的两位男士，她俩在水上乐园最瞩目的游乐设施"急速龙旋风暴"附近找寻他们的踪影，忽然听得似为陈涛的惊声呼喊："子谦！子谦！……"她们向着陈涛的方向望去，只见一个人影从十几二十米的"急速龙旋风暴"操作台坠下，陈涛在阶梯操作台上声嘶力竭地呼喊。

背后突然的外力，使得子谦猝不及防。原本他正在专注于

教练员指导陈涛如何使用工具滑毯，如何趴卧于滑毯上被教练员推出入口，如何在五彩缤纷的旋转式滑道里急速下滑注意握紧扶把，共有五层螺旋滑道的"急速龙旋风暴"，每一层的不同色彩预示着更为急速的下滑，直至冲入底部的水池中，如何依靠自身重力与惯性急速下滑，如何保证自身安全。可是专注着的他，身体却忽而失去平衡，被带有绝对指向性的冲击力撞出操作台的围栏，失去支撑，在空中自由落体向下坠去，坠落之地眼看就是大理石池边，等待他的似乎是不可避免地头破血流甚至脑袋开花。正当以为难逃一劫之时，身体却似乎在空中改变了方向、偏离了原来的角度，直落水中。大脑停顿空白直到窒息感蔓延，求生本能令他想调整身体将头部送出水面，可是身体却不听使唤，而似乎有某种力量，包围着无法动弹的他不住地往下沉。当意识到无法自救，窒息带着恐惧与绝望覆盖身心，大脑自责自己莫名其妙地挂了怎么对得起年迈的父母，心海浮现的却是灵儿的身影。不知是意念太强还是天可怜见如愿以偿，目光竟在水中搜寻到灵儿的芳踪，那灵动幻彩眸光在水下更显潋滟，伴随越发临近的眉目，柔荑纤手渐近，他的掌心体会到某种温柔触感，而那份温柔仿似将他带往了另一个时空——

　　这是哪儿……为什么……似曾相识……

　　喧闹的集市，人声鼎沸……买卖讲价、马蹄车轮，声声入耳……

这熟悉之感似乎就在记忆深处……却仿似遥远缥缈得无法捕捉它真切的脉络……

急促的马蹄声，带着滚动车轮由远及近。路边被施舍了两个铜板的小乞儿，争抢不过大乞丐的掠夺，被一把推至路中央摔倒在地。马车没有减速的迹象，眼看马蹄就快踏到乞儿，忽听得车内掷地有声的清脆嗓音响起："阿荣，停车！"车夫急拉缰绳，正在疾驰中的马儿被忽然驾停，前蹄扬起发出长啸，堪堪避过了那乞儿。阿荣想要下车教训挡在路中央，差点伤及马车安全的小乞丐。此时车门打开，一位约莫十岁光景的小少年跳下马车，他头戴瓜皮小帽，身着缎面考究的青蓝色长衫，外罩比长衫深色的立领斜襟、有着团花暗纹织锦的绸缎马甲。少年赶在正准备训斥扬鞭的阿荣车夫之前，更快地来到乞儿身旁，顿住了阿荣所有的"以大欺小"。惊恐未定、仍趴卧于地的乞儿，抬头望着近到身旁的贵气少年，那是一双灵气的眸子，但此时眸中隐藏不住的害怕、胆怯令少年徒生怜悯，他蹲下身距离乞儿更近。可乞儿却在刹那，双手捂住头部、瑟缩颤颤发抖的身体，以徒劳的方式护住自己，等待习惯中的又一场欺辱的拳打脚踢。身体没有恐惧的疼痛，却有温暖语声抚慰地响起，"你不要害怕，我不会打你的，也不会让他们打你的。你有伤到哪里吗？我扶你起来好吗？"乞儿慢慢抬头，灵气的眸子少了些许惊惧，却是满满的疑惑，不再抗拒他搀扶的双手，随他起身。衣衫褴褛、蓬头垢面，乱糟糟的头发、脏兮兮的脸庞，但那双灵动万分、黑白分明的眸子定定望向少年，似是一汪清泉涌入心间，又仿佛暗夜星辰，叫人不住地想一探究竟。"德叔，我要带他回家。"立于车旁，将少年的举动尽收眼底的管家德叔，

并不意外少年的决定，只是提出作为管家职责的相反意见："少爷，您往常收养路边的猫狗也就算了，可这，您毕竟带回去的是个人哪，老爷和夫人未必答应啊……"少年对于德叔的疑虑反驳不以为然，将乞儿带上马车，探出脑袋，对着从乞儿走近就开始捂住口鼻的德叔笃定开口："我想要带他回家，爹娘还会不答应么。快上车德叔，赶不及见先生，爹娘可要怪罪哦。"闻言，深深皱起眉心的德叔，小声嘀咕："三代单传的小少爷，不容小觑、得罪不起！"捏着鼻子，无奈上了车，阿荣扬鞭马儿撒腿，扬尘而去。

马车停在一座大宅门口，少年率先下车一溜小跑，穿过院落抵达客堂，"娘，我回来啦，我带……"想要宣布带回乞儿的话语，被为娘的宠溺截断，"哎哟，千儿回来啦！你呀，德叔出门办事，你偏要跟着去玩，都没好好吃饭吧？小翠，去灶房把小少爷喜欢的点心拿来……""娘，我有话要……"少年想要申请的话语，再次被娘的关切打断，"千儿，你的衣摆怎么脏了？瞧瞧，不听话吧，肯定吃了不少苦，累了吧，洗个澡解解乏，换身干净衣裳。祥嫂，伺候少爷沐浴更衣。"本应伺候在侧的，如亲人般的祥嫂此刻并未应声。"夫人，祥嫂有些事在忙。此次少爷外出确实辛苦，阿德向夫人请罪。但此行却见识了少爷的过人机智，甚至化解了路途的一些潜在风险。少爷，何不快快告诉夫人，我们这一路有趣的所见所闻？"本欲再次向母亲道出的请求，被德叔卡回喉咙里，望着向自己点头示意的德叔，忽然明了他的言外用意。正巧小翠端上了点心，少年一边夸赞着点心好吃，一边感恩着母亲的疼爱，一边致谢着德叔一路的照顾，一边绘声绘色向母亲叙述路途所见。当叙述到途见乞儿拔刀相助环节，他带着一丝焦急，向门口张望又望了望德叔。德叔心领神会向外退去。一会儿，伴着接近尾声的途救乞儿英雄事迹，德叔和祥嫂领着一位六七岁模样的小女孩进来客堂，头发盘成两个小小发髻，各坠下细细的编发，白净的小脸上忽闪着一双灵气的眸子，粉色的小衣小裤外罩斜襟刺绣亮粉小褂，衣服粉嫩的色彩，更凸显了她肤色与唇色的苍白，怯怯地往牵着自己的祥嫂身后躲，而那灵动双眸紧紧注视着正一脸莫名望着自己，向德叔无声询问的少年。少年得到肯定的答案，顾不得娘亲生疑，禁不住蹦到小女孩身旁，好奇地凝眸望着她，嘀咕着："我还以为……原来是小女孩……你好，我是蔺子千，字子先，号子彦，你可以叫我子千、子先、子彦，我今年十岁了。你叫什么名字？"小女孩愣愣地看着子千，眸中闪过疑惑旋即夹杂着哀伤，轻轻摇了摇头，子千暗恼自己粗心，望着她眸中透露的心绪，湿润的光泽布满本就灵气的眸子，叫人不由自主地心疼，灵机一动，"灵儿！从今以后，你就叫灵儿好不好？""灵儿……灵儿……我叫灵儿……"小女孩轻声重复，眸中绽放欣喜神采，灵动双眸更添光亮。"可你多大了？算了，年龄不是问题，反正你看着比我小。娘，这是灵儿，就是我刚才跟您提到的，我救下的那个孩子。"蔺母本就是念佛之人，蔺家也长期乐善布施，上苍有好生之德，眼前这模样可人的小娃娃竟有如此悲惨的境遇，早就心生怜悯，再则，林家宝贝少爷，就此一根独苗，虽然全府都对他宠爱有加，可同龄人之间情谊的缺乏，总令他有些孤单，这些为娘的又怎会不知道？留下这个小可爱，倒是能给子千好好做伴，况且儿子见着灵儿的那份投契劲儿，刚才一屋子的人都瞧见得分明了呢。于是，不等子千开口请求，蔺母已带着怜爱的笑容向灵儿招手，温和里透露着喜欢道："来我身边，让我仔细瞧瞧。"祥嫂领着灵儿，来到夫人跟前。"这小模样，真俊呢。小灵儿，往后这里就是你的家，你就陪着子千哥哥，好不好呀？"小小的灵儿，被突如其来的温暖撞击早已千疮百孔的心，忘了点头，只顾贪恋地注视着眼前这位正对自己展露关爱神情的美丽妇人。家？家人？从今以后，可以拥有吗？蔺母越看眼前的俏娃娃越觉着喜欢，抬头对祥嫂道："这孩子到底遭了多少罪，叫人光想着，这心就揪着疼。""是啊夫人，刚才我给她洗澡的时候，就见她身上都是淤青血痕。都是些什么人呐，对小娃娃下手这么重！"祥嫂爱怜地摸摸灵儿的头。"伤得这么重呀，快让我瞧瞧。祥嫂，回头把许大夫请来，好好给灵儿治疗，女孩子家可不能留疤了。幸好小脸上没伤。"……

正当两位妇人围着灵儿亲切关怀，子千挪到德叔边上，轻轻作揖，玩味开口："德叔这招声东击西、恰如其分，本少爷不胜佩服。"德叔亦作揖回敬："哪里哪里，是少爷机智过人，才令此事水到渠成。""大恩大德本少爷铭记于心！" "别，你还是好好感谢祥嫂和小翠吧，要不是刚才在灶间热粥点心伺候着一番狼吞虎咽，她现在可没法这么乖巧。苦了小翠，现在正收拾一片狼藉。而且……她的头发……实在……太难洗了……"说着，似想起了方才瞧见祥嫂给灵儿洗头洗澡的模样，随即又出现眉头紧蹙、一手捂上口鼻的姿势。"扑哧"子千忍俊不禁。与此同时两位妇人商量着心疼着，而灵儿在转头望向子千的刹那，看见了那个从此烙印在她心上，成为照耀她原本黑暗世界的最耀眼光芒，是她拼尽所有也希冀永远留住的，那一抹比此刻他身后万丈阳光都更为绚烂的，子千的笑颜。

　　"子千，小心呐……"紧张呼唤的灵儿，盘着左右两个发髻，垂至胸前的两条乌黑发辫，身着白底粉色绣花锦缎上衣与玫粉色长裙，仰首望着正在奋力爬树的少年，白净的脸庞有别于初入蔺府时的苍白与瘦削，如今显得粉嫩与些微圆润，一双眸中相较过往更显灵动，而此时盛满着焦急与担心。少年听得灵儿呼唤，竭力大声安慰她的担忧，并使出所有力量够到了正在树枝上瑟瑟发抖的小猫，将它一手搂到怀里，慢慢下移。小猫因害怕在怀中并不安分，因分心安抚，箍住它的手被利爪划伤，突如其来的疼痛令重心不稳一脚踏空，灵儿惊声尖叫引来家丁。众人合力助少爷和猫安全落地，子千笑称没事致谢众人，将受惊的猫咪小心交给家丁，嘱咐喂食，牵起灵儿的手便向课堂百米冲刺。

　　飞奔而来的结果也不出所料，面对的仍是怒发冲冠的赵先生。二人道明了迟到的因由，不想赵先生更为生气："说说，你们今天已是这个月第几次迟到了？！上次是将掉下树的鸟窝放回树上，这次是救下小猫，下次是不是要去池塘捞起落水的狗？！"子千眨了下眼，认真地想了想，点头道："有可能。"赵先生气急，抡起手中的教学棒，喝令："伸出手来！"子千毫无所惧，坦然照做，就在教学棒重重落下的刹那，灵儿伸手抚上他的掌心，结结实实替他挨下这一棒。看着灵儿白皙纤手瞬间爬上红痕的手背以及忍痛表情，子千顾不得尊师礼仪向着赵先生大声嚷道："先生！您要罚我就罚我，我一人做事一人当，为什么打灵儿！！"赵先生深知子千虽是全府宠爱的少爷，但平时胜在有礼谦和，对为师更是尊重有加，这是第一次他向自己大吼出声、怒目圆睁，让赵先生也颇为讶异，一时怔忪，望了望灵儿手背上的红印，也心知有愧。灵儿轻轻拉了拉子千的衣袖，示意他对先生收敛态度，转而望向先生，轻声开口，语气诚恳："先生，作为弟子的我们，没能在规定的时间准时甚至提早到达课堂，却要先生等待我们，这是我们身为弟子的过失，我们向先生道歉。"说着垂首伏身以礼致歉。抬眸继续道："先生，我们误了课堂时间的缘由，方才已向您做出解释。先生常以孔子儒家思想教导我们，道德思想无外乎一个'仁'字，而仁义道德的根基却是本性的纯善。虽然大家思想的'性善论'是以'人'为本的人道主义。但我想，'大同'思想所传授的，不该仅仅只局限于人与人之间的互相关爱，如果能够善待世间的一草一木，珍视与我们分享这个天地的所有生命，这难道不是今日子千少爷不枉先生所教授的至善之意吗？所以先生，对于我们今日的过失，您能原谅我们吗？"目光坚定，望着赵先生，静静等待他的回答。赵先生心下暗叹，自己生平第一位女学生，果然是位伶俐的姑娘，辩驳句句在情在理，更不枉费自己平日悉心教授儒家思想，甚至多加思考也可见一斑。思及此处，赵先生忽然颇感欣慰，可转眼瞧了瞧还在对着自己横眉竖目的傻小子，着实触火，平日里真是白疼他了，丢给他一记白眼，转而向灵儿和缓语气微笑道："灵儿所言，为师认同。但儒家道德思想除却一个'仁'字，还有一个'礼'字，不止一次的迟到是对课堂的无礼。为师体谅你们来课堂之前为救助小动物的因由，但这不能成为堂而皇之迟到的理由，如果已有第一次的前车之鉴，为何不能提早半个时辰出发？而不能认识到错误，更是对尊师重道的无礼……"有意地停顿，瞥了一眼此刻已低眉顺耳的子千，被他触起的火到底灭了个七七八八，继续道："为着这个'礼'字，

也要小惩为戒。做完了今天的课堂作业，子千再抄三遍《三字经》，明日上交。灵儿就不用了，万一用着被我不小心打疼的小手罚抄再有个'三长两短'，我怕我会被某些人活活瞪死。哼！"子千灵儿听得此罚，有些羞赧又不禁勾了嘴角，明白赵先生是真的体恤了他们不再生气，也明白了自身的欠缺，赶忙有礼致谢，迅速回座，开始课程。

赵先生刚喊下课，子千便向先生匆匆道别，一溜烟跑出了教室。看着把自己甩在身后瞬间跑远的子千，赵先生再次郁闷直犯嘀咕："臭小子，我白疼你！……"不一会儿，子千又奔回课堂，带着顺利"偷"得的父亲私藏跌打药水，托着灵儿的纤手，给她轻抹上药的时候，手指与手心传来的触感，像极了四月里温暖的微风吹拂在他的心海泛起涟漪，但灵儿秀眉微蹙，倒吸"咝"声微起，令子千心疼得不知所措，有种想揍自己一顿的冲动。傍晚时分，子千和灵儿还在课堂完成着今日的作业，灵儿第六次停下笔望向第N次偷偷望着自己的子千，灵眸满是疑惑询问之意，本以为子千会再次慌忙摇头、别开视线，做出认真奋笔疾书状，他却似鼓足勇气来到她身旁。灵儿放下笔静静歪头注视着子千。仿佛此刻每多看一眼她幻彩美眸，就脸红一分，最后子千带着红至脖颈的面庞，胡乱抓过她的右手，将掌心中已被他焐热的饰物塞到她手上。灵儿低头一瞧，淡粉色水晶制成的五瓣小花，花蕊是更深一色的粉水晶，各十颗小花串起两圈发饰，此刻在手中散发着熠熠光泽，水晶本该冰凉的温度，而今却传递着他的温暖。生硬地别着头望着别处的子千，结巴开口，语句是有些霸道的排列，却是最温柔的语声："戴……戴上……不许……不许拿下来……以后都别拿

下来……好么……""好啊！"不假思索的肯定回答，令子千回眸望向已在发髻戴上发饰的灵儿，流光潋滟的眸，蜜意环绕其中。

窗外，树枝上的花瓣随风飞舞，晚霞映红了天边，也为此时相视而笑的人儿染上红晕。那一年，他时值舞勺，她豆蔻芳华……

提起水温已合宜的茶壶，灵儿步入客堂，为正在议事的老爷们添茶倒水。她婷婷嬝嬝的步伐，衬托着身形越发亭亭玉立，长些年华的女生，已褪去圆润但肌肤润泽不失，小尖下巴衬着大眼灵眸更忽闪明亮，鹅黄色的斜襟锦缎上衣，宝蓝色裙装，唯发髻上两串水晶淡粉花饰点缀。自打她进入客堂，一道浑浊苍老又色光乱现的目光，贪婪地在她清美的脸庞和玲珑的身上游移。就在灵儿为这位色光汇聚的刘老爷斟茶之际，目测七十过半实则六十有五高龄的刘老爷，忽而展现身手矫健之姿，以迅雷不及掩耳之势，状似"不经意"般伸手触碰早令他心神荡漾的柔荑，他满是皱皮褶子的粗糙烂手，不禁紧握那柔嫩之感并不住地来回摩挲。灵儿被老头突如其来的举动吓到，慌忙从他的烂爪里抽回手，惊恐万分地看着眼前仍一脸淫笑的老头儿。寻灵儿而来的子千看到这一幕，箭步冲到刘老头跟前将灵儿护在身后，咬紧的牙关将原本就已越发轮廓分明的俊脸绷显得更为英气，浓眉蹙起、双拳紧握，似是竭力克制着情绪，似是一触即发。目睹这一切的蔺老爷，微微叹气，解围道："灵儿，再去沏一壶热茶，让小翠来堂前伺候着，蔺家的女儿不用做这些。子千，还愣着干嘛，快向长辈们行礼问安。我们议事，小孩子家赶快去念书写字。"子千强压怒火，向着在座其他几位老者微微行礼示意，愤怒眼神甩给刘老爷，拉着灵儿出了客堂。这些年，蔺家待灵儿，无论吃穿住用，都是蔺家小姐模式，或许是尝过人间最疾苦滋味，灵儿万分珍惜、感恩、懂得报答而今的幸福，蔺家小姐的待遇并未使她变得骄纵，反而在敬孝爹娘的同时，体贴着蔺府所有人，时常能见到她在灶间帮忙的身影，园中的花草修剪她也颇为在行，时而拿着抹布扫帚清洁宅邸，蔺府上下也已不足为奇。所以今儿个就小翠一人在堂前忙碌着，沏好了茶又忙着给各位老爷准备茶点，见她一人忙不过来，灵儿很自然提了茶壶去给各位老爷添茶，不能失了蔺家的待客之道，也不是第一次如此，可不想，那刘老爷今日惹了这么一出。一路怒气冲冲抵达灶间，小翠见子千少爷神色不悦，赶忙向他身后的灵儿示意，端起碟子溜开，去给老爷们侍奉茶点。"子千，松手好吗，你弄疼我了……"子千回身就瞧见微蹙秀眉、轻噘着嘴，双眸满含楚楚之色的灵儿，带着这副委屈的模样，来回瞧着子千和仍被他紧拽着的手腕。子千急忙松了手，看着那白皙的腕上触目的红印，子千满是疼惜，暗恼自己居然如此粗鲁，但想到自己如此珍视的宝贝方才被那脏手玷污的情景，不禁轻轻戳了两下灵儿的脑袋，满是心疼和爱怜的口气："你这个笨蛋，那个色老头轻薄你，你就由着他欺负？为什么不反抗？"灵儿从他的手指下抢回自己的脑袋，委屈开口："这位刘老爷一直是爹爹的座上宾，最近更是一直坐主座呢，一定不能得罪，而且，他那突如其来、趁我不备的，我能怎么办呢？""座上宾？主座？老爷？呸！一点没有睿智长者之姿，就是个为老不尊的老不死！要不是刚才爹爹出言相阻，我已经揍他了！色眯眯的样子，手还不老实！就该用滚烫的热水泼他，烫到他再不敢胡作非为！"灵儿已沏好一壶热茶，子千从她手里接过茶壶道："我去交给小翠，你别进客堂了。"灵儿隐隐有些担忧，在回闺房的路上，心头的不安感愈发强烈，于是折返客堂，在客堂外就已听得里头一片喧闹，依稀辨出刘老爷暴怒的声音："蔺老板！蔺公子今日的所作所为，让老朽对你们蔺家彻底寒心！注资的事，刘某要再仔细考虑考虑！但蔺公子的责任，刘某一定追究！"灵儿在客堂外听得这些，知道出了事，有关子千、有关蔺府，似乎所有的力气都被抽空。被跟班和其他宾客簇拥着步出客堂的刘老爷迎面而来，左脸颊有些红肿，嘴角有一丝血印，右手背一片绯红，但当他定睛瞧见立在堂前、一脸担忧神色望向客堂的灵儿，不知为何，灵儿在他浑浊的眼里，竟读出一种老奸巨猾的隐隐喜悦，而他向着灵儿牵起的那抹阴狠冷笑，令灵儿不住心慌与恐惧。三两步跨进客堂，只见蔺父命令家丁将子千押入祠堂罚跪三天反省，家丁们到底不敢贸然使力，子千挣脱束缚向父亲据理力争："爹，我没错！为什么要罚我去祠堂反省，那个刘老头欺侮灵儿，刚才还故意对她出言不逊，爹您刚才都看到听到……""住口！你知道他是故意还如此冲动，这不是正中他下怀！如此莽撞，事到如今还不知错！我们蔺家家业今后如何敢交给你？让你罚跪三天已经是轻惩！再多言，就在祠堂跪满一周，好好想想自己究竟错在哪里！"子千闻言，愣怔间脑中飞速转过多般思绪。"还愣着做什么！把少爷带去祠堂！"老爷的低喝令呆愣着的家丁们立马连拖带拉，将子千带出客堂。德叔请示已备好马车，蔺老爷经过灵儿身旁，目光透着慈爱拍了拍她的头道："去你娘那里，子千的事，别让她担心。"说着叹了口气，带着德叔匆匆离去。

　　傍晚过后，灵儿在厨房做了子千最爱吃的桂花糕，向看守着祠堂的小厮通融。老爷的亲自吩咐，小厮哪敢违背，但子千与灵儿平日里对他们的体恤可是全记在心里，小厮接过篮子答应会交给子千，更自告奋勇把风，留一些时间和空间给他们。待小厮退出范围之外，灵儿轻扣祠堂门唤着子千，子千闻声是灵儿，立马来到门旁："灵儿，你没事吧？""子千，你还好吗？"两人几乎异口同声道出这句关切。"灵儿，我没事，爹罚我跪祠堂，但到底不忍心饿着我。你呢？有没有人为难你？"灵儿诧异于他的问话，这里可是家啊，有谁会为难自己呢？只道是今日情况太多，令子千生出了担忧。说着宽慰子千的话，却不想他语声有些许严肃地问："爹在书房里么？""爹和德叔出门了，还没回来。娘担心你，我哄着她吃了晚饭，娘说她等着爹回来向他求情，早些让你免于责罚。"子千沉默片刻，语带凝重地承诺："灵儿，等我离开祠堂，我就去请求爹娘答应我们在一起。爹娘这么疼我们，一定会答应的。在这之前，无论发生任何事，灵儿你都要相信我，相信我一定能保护你。"隔着门板、背靠背坐着的两人，一个重诺千金，一个心头缱绻，夕阳染红天际，映红她的面庞，这一刻感受的幸福，但愿就是永恒。

　　踏着月色，哼着小曲，步入闺房的灵儿，发现爹娘都在自己的房里。蔺夫人在呜咽哭泣，蔺老爷泛红着眼眶唉声叹气，不祥的预感升腾而起，急切地询问爹娘。蔺夫人悲伤更甚，蔺老爷紧握双拳，终于暗哑着语声，轻轻道出缘由，每一个字都好似用尽了他全部的心力。原来刘老爷做客蔺家之初，就对灵儿有了非分之想，了解到她是蔺家收养的女儿，便向蔺老爷旁敲侧击，这些明示暗示都被蔺老爷斡旋而散。可是今非昔比，蔺家生意近来因某些决策失误导致资金链断裂，为了挽救蔺家家业，蔺老爷不得不向财大气粗的刘老爷低头请求注资周转。刘老爷借机乘人之危，明目张胆提出注资的附加条件就是纳灵儿为妾。蔺老爷尽力周旋，但近日多次登门位于蔺家主座的刘老爷，早已觉察出子千和灵儿之间的情感端倪，显然他不想再碍着蔺老爷面子浪费时间，也不希望有机会到手的美人夜长梦多让毛小子捷足先登了去。于是今日的一切都是刘老爷的奸计，就是算准了子千会为了灵儿冒失冲撞了自己，好让所有把柄完全在握，逼迫蔺家就范。所以蔺老爷和德叔下午的求情没有丝毫作用，刘老爷反而更坚决了威胁，搬出时令县政本就与他常年交好的事实，口口声声要为蔺老爷教育不成器的儿子，让子千吃几年牢饭好好思过，不然注资免谈，自己支持的资金岂不是都被他败光。可想而知，老奸巨猾的刘老爷斩断了蔺家所有退路，如果执意不让子千入狱就要面临蔺家家业全面崩盘的窘境，工厂家宅都要悉数抵押，蔺家所有人从此流落街头无家可归，东山再起无望连基本的温饱都成问题；而要交出子千这棵独苗，让从小锦衣玉食、娇生惯养的子千饱受牢狱之灾，蔺家二老无论如何不能答应；于是还有最后一个选择，遂愿刘老爷，舍弃灵儿。这三个选择都没有更多的犹豫时间和转圜余地，原本离筹集资金还有一段时间，但刘老爷的暗中龌龊手段，逼得蔺家必须在明日清晨做出最后选择，那个时间，三拨人都将上门，要么是收走所有家财与宅邸，要么是官府带走子千，要么是花轿接走灵儿。蔺夫人难以抑制的啜泣声，伴随着蔺老爷艰难地将当下情况叙述至最后一个字。静默蔓延在灵儿的周身，震惊、心伤，脑海一片空白，仿佛飘浮在无际苍穹中，一片任凭狂风携卷至任何方向的羽毛，也似世间一粒最微小尘埃，任由风吹雨打无依无靠，曾经乞儿时印刻在心上的无助、彷徨、不安统统再次席卷而来，毫无回旋可言。遇见子千成为蔺家的女儿，以为自己得到了命运的眷顾，但原来生活终是露出最狰狞的模样，嘲笑着自己的痴心妄想，拥有的这一切不过镜花水月，不属于自己的终究被全数收回，从天堂坠入地狱只在顷刻之间，这些年的温暖与疼爱如同美梦，不愿意却必须醒来。但比起曾经的自己，似乎心上更为富足的，是有了一份责无旁贷的牵挂与守护，这个家、家人，就是如今再不能割舍的恩情，这些年的照顾与养育，而今当涌泉相报。思及此，泪滑落，可是慢慢松开了攥紧的纤手，指甲早已嵌入掌心印出血痕，却不及心上痛楚的万分之一。蔺夫人呜咽出声，再次乞求般问蔺老爷，在来到灵儿闺房前已问了无数遍的问题："老爷，真的真的再没别的办法了吗？"蔺老爷无奈叹息道："能想的法子都想了，现今真正人为刀俎我为鱼肉……""可是老爷，这三个选择，我一个都不想选，两个孩子我都舍不得呀！""我又何尝不心疼！要么我们舍了家业，天亮之前遣散了下人，让他们自谋生路，但从此我们一家四口流落街头，租屋的钱都凑不出，子千羽翼未丰根本还是个孩子，谋生谈何容易，我们该如何过活？"一番分析的确是当下最燃眉的顾虑，也正是灵儿此时料想到的结果，蔺夫人以帕掩面泣不成声。双拳此时已完全松开，灵儿抬手抹去脸庞泪痕，轻声道："爹、娘，灵儿愿意嫁给刘老爷为妾。"轻轻退开一步，双膝屈地、抬起泪眸、勉强牵起一丝笑意："爹娘的养育之恩，灵儿没齿难忘。只憾今后再不能侍奉左右，灵儿不孝，请爹娘千万珍重。"完完整整以头三叩地面。蔺夫人悲恸拥着灵儿：

"灵儿，我苦命的女儿，爹娘对不起你，如果有下辈子，为娘要成为你的亲娘，成为你真正的母亲，从你出生开始就好好疼你爱你，不让你吃任何苦！"蔺老爷通红着眼，似是拼尽全力压抑着就要夺眶而出的泪，缓缓道："蔺家的族谱里永远有你的名字，有娘家在，刘老爷那里，到底会看着我们的薄面，不会亏待了你。刘老爷承诺过，明天花轿抬去的，是他距此几里山头外的别院，远离他那些妻妾，不让你受委屈。"即便如此，灵儿懂得，明日之后，自己的人生将会回到乞儿的日子—— 一切无望。心下了然，面上只是替蔺夫人擦拭了眼泪道："爹娘的恩情，灵儿永远铭记。""灵儿……子千那儿……"蔺老爷低着头不敢看向灵儿，内疚与惭愧令他欲言又止，生平第一次觉得自己竟如此窝囊，硬生生拆散了有情人，还无法阻止灵儿从此堕入火坑，但如今自己只能选择保住子千和蔺家。灵儿意会，苦楚侵入五脏六腑，连喉头都似乎品到丝丝苦味，但还是轻轻点头答应："爹，我明白。"

望着二老步出闺阁，支撑着自己的最后气力也消散，倒退着跌坐于案前，颤着手磨墨起笔——"子千，能遇见你，是我这一生最大的幸运。天意弄人，你我此生只缘尽至此。若有来生，我一定会找到你，与你执手相牵再不分离。"断线的泪，将宣纸浸染，发颤的手，竭力稳定着笔迹，却被一幕幕闯入心海的子千每每笑话她字丑，但手把手教她渐渐写出蝇头小楷的画面撞击得功亏一篑，他的呼吸拂在耳畔都是一种温暖，一直以来她都贪恋着子千的温度，而今跌落冰底的心，从今后或许再没有任何光能照进那里。痛哭出声，双手抚上已疼痛到无以负荷的胸口，撕裂的心，比曾经乞儿时被拳打脚踢后的任何伤口，更难以忍受千万倍。将信笺装入信封，打开房门想将信放去子千房间，不料闺房门前有两位面生家丁"看守"，灵儿了然，蔺老爷和蔺夫人到底怕她寻了子千节外生枝，但心中透出了无限哀戚，她轻声道："麻烦请让我见一下德叔。"不一会儿，闺门被叩响，德叔站在门槛之外，面上满是哀色，灵儿递出信封，勉强牵起嘴角："德叔，麻烦您明天……明天之后……将这封信交给子千……"德叔黯然看了看灵儿手中的诀别信，神色更透出几分哀凉道："灵儿小姐，其实……你可以自己交给子千少爷的……"闻言，灵儿更收紧了捏着信的纤指，指节有些泛白亦如此刻抽紧的心，似乎每跳动一下，都牵着全身的脉络生疼凄楚，强自压制着，轻轻摇了摇头，隐去泪意，微微挂上一丝弧度，喃喃仿佛自语："如果子千知道了，他一定会带着我逃跑……我们可以去一个很远很远的地方，没有人能找到我们，只要能和他在一起就是幸福的，携手与共、度过风雨，度过属于我们平凡却美好的日子。"德叔剑眉紧蹙涩声道："老爷夫人一时糊涂……我们还有时间……我会继续从旁规劝……"灵儿抬眸望向德叔，诚挚映在眸中："德叔，谢谢您。这个决定，是保全蔺家的最好抉择。我不怪老爷和夫人，真的。而今是我报答蔺家的最好方式。" "可是子千……子千应该知道……"从子千救回灵儿那时起，直到如今心意互许，德叔一直是最好的见证者，这些年灵儿在蔺家的点点滴滴，也让德叔从心底喜欢这个善良、懂事、感恩的女孩，而子千的心思，虽然在蔺府上下早已不是秘密，但他的用情之深，德叔都看在眼里，如今为了这个家，却要牺牲他们的感情，德叔心疼灵儿，更担心先斩后奏的方式令子千失去了灵儿，他要如何面对又怎能接受。明明已经泪光闪烁似乎顷刻就能汹涌倾泻，却倔强用嘴角更深的弧度压忍，一字一句都撞击着心扉："德叔，我不能让蔺府上下所有人一夜之间流落街头。尤其……尤其是子千，我不能自私地让他为我舍弃一切。一无所有的滋味我太了解，我又怎能让子千去过这样的生活。我现在唯一能做的，就是保护他、保护蔺家，渡过这次难关。所以，德叔，明天之后，请替我将这封信交给他，他会明白，这是我最后的心愿。"递出信封，德叔接过的刹那，她泪滴滑落晕染信封上娟秀的"子千"，灵儿转身背对德叔掩饰悲泣，德叔心头泛起无限苦涩，泪刺痛红肿的双眼，向着她强忍抽泣而发颤的背影，深深鞠躬作揖。

翌日清晨，灵儿一宿未眠静静立在窗前，望着渐明的天空，度过最后属于自己的时光，她明白往后的自己将与行尸走肉无异。小翠叩门而入，手中提着喜娘带来的大红喜服与头饰，瞧见仍站在窗前的灵儿，周身因此时的日光显得明亮，而听见自己轻唤回眸的眼，却愈发幽暗无光。小翠的心刺痛，鼻头发酸，怕增加灵儿的悲伤，赶忙低下头，却来不及掩饰已掉落的泪。灵儿瞧了一眼小翠手中的喜服，自然地移开目光，仿佛消失了所有喜恶，轻移莲步，在床头拿出一个小枕，近到小翠身旁，接过喜服将小枕递给了她，抬手抹去了挂在她脸庞的泪痕，轻轻开口："姐姐，我想拜托你件事。祥嫂年事渐高，近来病事缠身，我前几日去她房里探望，听闻她夜里总是睡不安稳，我做了这个薰衣草和洋甘菊花的小枕，有助眠的功效。今日……我怕是没有更多的时间……将这个小枕亲手交给她。祥嫂往后还需姐姐多加照顾。"祥嫂和小翠，是子千将她带回这个家后，第一时间接纳了她的人，她至今记得她们把她放在热水澡盆里，生怕弄疼她小心翼翼避开她的伤口，她们洗干净她的脸时欣喜地脱口而出："原来是这么可爱的女娃娃！"之后虽然灵儿以蔺家女儿的身份出现在众人面前，但她依然不曾改口唤小翠"姐姐"，而慈祥的祥嫂就是自己的亲奶奶，灵儿对她更是照顾有加，因为这是一份最为真挚的感恩。而今分别在即，有太多的话还没有说，再多的话都显得苍白无力，灵儿紧紧拥住小翠："姐姐，阿荣哥是个好人，你们要……白头到老……你一定要幸福！"小翠哀泣断续语声："灵儿……灵儿……你要照顾好自己……"

　　换上这套再普通不过的喜服，对镜挽髻。也曾憧憬过和子千的成亲，憧憬的画面里，子千意气风发，自己含羞而视，却藏不住嘴角泄露的幸福信号，蔺家的所有人都在为他们的幸福而祝福和高兴。双手似乎瞬间失力，她最喜欢的双髻发型，可以佩戴子千赠予的水晶发饰，但如今稍显老气的后发髻，簪上的却是在她眼里毫无喜气可言的，那一抹张扬的火红。将五瓣花发饰放在装有两套换洗衣物的贴身包裹内，当初身无一物来到蔺家，如今唯有这两串发饰随自己踏上荆棘的前路，这些年的爱和温暖，置在永不会消失的回忆中，除此之外，再不必带走一丝一毫。打开闺门，径直前往蔺家大门的方向，蔺老爷、蔺夫人、德叔和小翠等着送她最后一程，灵儿不由自主驻足，远远凝望着祠堂的方向，她想起子千那晚在祠堂里告诉她的话，那些承诺和誓言，需要面对太多的无可奈何和身不由己，而今，她只能背弃在先。跟在身后的"看守"小厮也不出言催促，静静等待着，任由悲苦弥漫了空气。灵儿收回泪目，加快步伐，向外而去。在蔺府门前，向蔺老爷、蔺夫人行了大礼，喜娘搀扶着红盖蒙头的灵儿坐进喜轿，没有鞭炮、

没有喜乐，唯有喜娘的一声："起轿。"在这清晨时分显现萧索，也预示着灵儿从此刻开始，与蔺家的一切幸福再无关联，四名轿夫托起喜轿，带着灵儿步上可以预知的凄苦前程。

　　因蔺老爷当初的竭力争取，此刻四名轿夫正稳稳当当抬着花轿越过山坡。灵儿知道，下山之后再过不久就是刘老爷的别院，从此便是牢笼里的金丝雀，随心情被把玩在手中的玩物。一路依靠在蔺家的美好回忆支撑到现在，而对前途的恐惧顷刻将她吞噬。回忆里子千的笑颜，仿佛是此时抵挡惧意的唯一浮木，子千……子千……子千现在已经知道这一切了吗？他是否也像我一样悲伤？子千，我们无法抗拒今生的分离，如有来世我一定寸步不离……子千，命运开了个残酷的玩笑，但你一定不能被击倒，你是蔺家全部的希望……子千，无论我在哪里，世间你是唯一……子千，我们是否还能再见……子千……子千…… 伴随轿夫的步伐距离别院一步一步靠近，心痛伴随着对子千的思念更甚，想握着发饰安慰早已决堤的泪，却发现包裹有些散开，里头的发饰不翼而飞，在轿中摸索寻找不见其踪影，焦急万分。忽然方才刚走到下坡路时，前轿夫被石块绊倒，腿迈不稳、一个踉跄，使得其他轿夫带着喜轿，因惯性往前重重跌去的一幕闪现脑海，是否在那时候遗失了？那是今后唯一能证明她曾幸福过的凭证，也是让她有勇气活下去的依靠。掀开轿帘，向喜娘谎称内急，也提出可以让轿夫们小憩片刻，原本这趟抬轿路程不算太远，喜娘和轿夫们也想赶紧交差，但刚才的跌倒，确实让轿夫们需要稍事休息，喝点水补充能量，听得轿中人也这么提议，纷纷表示赞同。灵儿躲进一旁枝繁叶茂的绿影里，隐藏身影躲过他们的视线，一路向水晶发饰丢失的方向寻去，最终在上坡处的峭壁边，发现了正闪烁着光芒的发饰。灵儿趴在崖边，使尽全力向挂在崖壁藤叶上的发饰伸出手，无奈差一点点就是无法够着。心急如焚又害怕喜娘和轿夫追来，为尽快取回发饰，灵儿紧紧抓着看似牢固的藤蔓，脚踩着崖壁上能受力的凹处，慢慢靠近发饰。而此时喜娘与轿夫早已发现新娘"逃跑"，一行人心急火燎地沿着来路遍寻灵儿的踪迹。听得他们越来越近的吵嚷，灵儿惊惧、心慌与急切齐聚，一脚踏空，支撑丧失，紧紧抓着的藤蔓硬生扯断，惊呼消弭在风里，跌入坡下湍急的湖中……

　　瞬间，一切退去，喜娘轿夫悉数不复存在。只余想起了那一世与灵儿携手时光的子谦，垂泪立于峭壁边，望着灵儿跌落的方向，喃喃呼唤着："灵儿……灵儿……"纯白倩影悄然而现，无声无息近在他不远处，子谦回转泪眸，无心拭去愈发急落的泪，就这样定定望住令他魂牵梦萦的灵儿，凝注了时间、跨越了阻隔、挥别了世界所有的纷繁，深深注目彼此这个最简单的动作，艰难地迟来了一世。嗫动有些发颤的唇，轻唤这一声令她难忘了一世的"灵儿"，这是想起了与灵儿之间所有往事的子千的呼唤，是她真正心心念念了一世的人儿，不再仅仅是另一个身份的子谦。晶莹的光，瞬间激滟在灵儿的眸里，只听得他再次轻声道："灵儿……对不起……"为那一世没能守护你到最后，为这一世未能先认出你……"子千……"启唇低唤，子千身心俱震，原来无论过了多久，无论在哪一个时空里，他仍然如当初的心境，愿意用他所有的一切，去换得永远能听见她这般轻声唤着自己。"子千……这句对不起，我终于听到了……谢谢你……我原本只想找到你，在你身边就好……谢谢你……还是记起了我……可是，子千，我好想你……

你，想我吗？"泪，随着问句纷落而下。"每一秒钟、每一个瞬间，我无时无刻不在想你……"终于能清晰地告诉她，那一世折磨自己至深的思念煎熬，"灵儿，我被放出祠堂就听说你出嫁，却在送亲途中消失的消息。我找了你很久毫无所获。所有人都说你已逝去，劝我放弃，可叫我如何接受失去你。我沉沦了一段时间，在那期间，刘老爷因你消失迁怒于我们，但他毕竟不在意这门亲事，不会因此放弃有利可图的事，他借此侵占了我们的工厂。我迫使自己振作，不放弃找你，也对刘老爷假意委曲求全，借机利用他的劣势拿回了工厂，反夺了他的生意，让他落魄余生。这是他对我们犯下的这一切罪过的惩罚。之后我一直寄情事业，为了掩饰继续找你仍杳无音信的恐惧，我害怕你我真的已经阴阳相隔。这样过了好几年，对你有所愧疚的爹娘，从帮着我找你，变成接受了你已离世的猜测……直到娘以死相逼，要我为蔺家开枝散叶……灵儿，我知道，那一世，我再无颜面见你，就连死了，我也无颜面对你……灵儿，对不起……"子千低着头，哑声叙述着灵儿消失后，所有的心痛、愧疚与煎熬。"子千……"灵儿的轻唤，令清泪滴落的子千抬头注视她，灵儿缓缓道："子千，知道你一直在思念我，我已没有遗憾。我们的爱，亦如我希望的那样，没有失落分毫。子千，知道你好好地生活着，是我离开世间时最后的心愿，我希望你即使失去我，也要一直幸福着……""灵儿，失去了你，我该如何幸福？我的幸福早已随你一同消逝，那一世，我再也不曾体会过……"泪目相视，隔世的人儿、阻不断延绵的情、永远爱着的心。倏然，子千惊惧发现，灵儿拖地裙摆渐渐消失，急声呼唤："灵儿！" 灵儿下坠的泪，似乎预示这又一次，不得不面对的分离，嘴角微微弯起一丝清浅、无奈、释然的弧度，难抑凄楚道："子千，我因放不下你，忘不掉我们的爱，想再见你一面，徘徊在世无法归去。而今，我所有的执念都得到了答案，也到了该真正消失的时候。子千，我再不能以任何模样在你身侧，但我对你的爱和思念，永远不会消逝……""不行，不可以，灵儿……你不能再离开我，哪怕触碰不到你，只要你在我身边就好，只要能看到你听到你，我愿意付出任何代价！"子千疯了般想要留住灵儿，但灵儿的身体，在他伸手触及之处，均化为闪烁的荧光消失。"子千，答应我……要好好幸福着……"无能为力，只能看着她一点一点地消失，赤红的双眼，握紧的双拳，承受着命运最深重的折磨，重重点头，是唯一能做的最后承诺。灵眸闪烁，绽出最灿然的微笑，近在咫尺、还未完全消失的灵儿，倾身吻上子千的唇，但在印上那诀别之吻的瞬间，灵儿幻作荧光流彩彻底消逝。子千握紧飞舞到他手掌的流光，深深发誓："灵儿……无论在哪一世，无论在哪个时空，这一次，我一定会找到你……我们，再也不分离！"……

泪，滑落眼角，一声"灵儿"，带着子谦一同幽幽醒转。恍惚间，不知自己身处何地，纯白的墙，纯白的天花板，纯白的被褥，难道自己随灵儿一同去了天国？正当子谦还在辨别周遭，急切的脚步伴着关切的语声，已陆续推门而入，一脸焦急的蔺家二老和三位好同事围绕床边，看见他醒来，林母喜极而泣，不住地抹眼泪："你这孩子，你是要吓死妈妈呀……"林父叨念："醒了就好，醒了就好……" 婷妮原本圆圆的眼睛红肿得像核

桃，见子谦醒了，瘪着嘴，又止不住眼泪。倩莹红了眼眶道："我就说子谦一定不会有事！"陈涛颇为激动："医生说因窒息暂时性略微脑缺氧，不是说抢救及时醒了就没大碍嘛？子谦怎么都不跟我们说话？不会有后遗症吧，我去叫医生！"静静感受着，属于子谦的温暖与幸福，可这幸福里，如今渗透着悲伤。他既是子谦也是子千，而无论是哪个身份，他的幸福都必须有灵儿。原来，在他知晓了自己与灵儿那一世的命运之际，已在此昏迷了四天。将他从高台推下的，正是对他"恨之入骨"到丧失理智，又智商令人捉急地在众目睽睽之下施暴，已在这几天被绳之以法的吴帅帅。公司领导层已先后前来探望，并表示公司培养了那样心胸狭隘之人万分痛心，让子谦好好调养，法律已做出最公正的裁决。虽然医疗费已判决由被告人悉数赔偿，但公司也会给予一定抚慰。

之后的生活回归平静，吴帅帅带给大家的伤害，已日复一日散在岁月的长河里，毕竟咎由自取的他，于所有人而言，都是无足轻重的"旁人"。市场部企划组的每位同仁，都发生着各自的变化——已不再被"害怕当众说话"束缚的子谦，因出色的工作能力，被提升为市场部副总监兼任企划组主管；倩莹仍然相信着爱情，终于在对的时间遇见了对的人，这位她口中的 Mr. Right，常常会被她的哈哈大笑感染着，弯起好看的眉眼，宛如夜空星辰都落在他的眸中，嘴角绽放着幸福的弧度，俊颜上的粲然笑意总让倩莹无法移开目光，原来属于他们真爱的信号之一，便是能够全心全意爱着彼此的笑容，想要全力保护对方孩子气的笑颜，能够让自己肆无忌惮，安心得卸下所有防备，连别人眼中的缺点，都是他们相守的理由；婷妮在子谦的明示暗示拒绝之后，近来根本没有任何所谓的"纠缠"，并不是潇洒地挥别错的连悲伤也无，而是根本没时间伤心，原来企划组新人帅气男职员，对婷妮一见钟情，他喜欢婷妮因为羞赧故作冷淡的样子，也喜欢她时常耍些小聪明或常常犯迷糊的时候，喜欢佯装凶巴巴、圆圆的眼睛"狠狠"瞪着他，却坚持不了多久挂上笑容的她，而更重要的，是在这份感情里，婷妮从不必小心翼翼地用任何方式刻意讨好，最本真的她才是最可爱也值得被爱的。两情相悦是爱情中最好的模式，虽然可能爱比被爱更幸福，虽然无论经过多久，我们依旧不一定会爱上，爱我们但我们不爱的人，但我们一定不会再以所有的感情和心思去等待一个本就不爱我们的人，因为所有的美好，值得我们爱着也同样爱着我们的人，懂得珍惜彼此，才是爱情中最好的时光。企划组洋溢着幸福，一派其乐融融的景象，工作努力生活愉快，彰显着子谦领导有方。除却某位兄台天天唉声叹气，脑袋放空，企划方案最近完全不在他的思绪里，下了班不愿回家隔三岔五拉着谦上司谈心；陈涛兄感情生活出现大变故，曾经被他拿来教育倩莹和婷妮的，自认为万分"适合"的女友，就在他准备此生与其携手与共的时候，骤然提出分手，没有丝毫挽回的余地。原来这位"适合"女友，也同样认为陈先生是所谓"合适"的

恋人，并非心之所属，当她遇见真正彼此倾慕的爱情，便毅然与陈涛分手，不在乎是否已谈婚论嫁，给出的分手理由万分讽刺——"不适合"。因为爱情的彼此，才是真正的适合。可是陈涛显然无法接受，直到失去，他才幡然顿悟，原来自己一直以来觉得女友万般适合自己，体会的实则就是一种真正的爱慕，如果没有这份爱，又怎会深深感知所有的一切，都恰如其分地"适合"呢？

　　这已是灵儿离开的第五百三十二天，也是他寻找灵儿，又宣告失败的一天。这两年，子谦不放弃任何能够找到灵儿的机会，他总是流连他们曾经一起身处之地，期待灵儿忽然出现，无论是以何种身份、何种样子，所以身旁所有人提供的相亲机会，所有组织举办的联谊活动，他一个不落全部参加，只为能够遇见灵儿。他确实遇见了不少女子，有对他倾心的、有漂亮的、有贤惠的、有成熟的、有优秀的，可是没有一个是他的灵儿。原本大刘海的发型往后梳起，露出轮廓更分明的五官，子谦开着车穿梭在归家途中，他刚送酩酊大醉的陈涛回去，今天是涛哥前女友与真爱大婚的日子，惹得回忆与悔意翻涌的涛哥，又找子谦喝酒诉衷肠。看着又一次醉在面前的陈涛，子谦竟无比羡慕，这两年没少陪陈涛喝酒解愁，但自己从来都保持着清醒，他生怕自己大醉会错过与灵儿相遇的机会，但此刻，他却更希望在醉意朦胧间，可以看到灵儿的幻影，那思念至深却连梦中都不再出现的倩影。

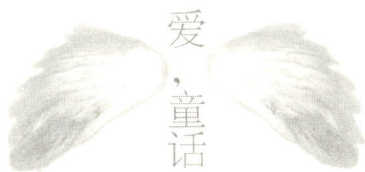

　　红灯亮起，车辆停驻在子谦与灵儿最初相遇的街头。这两年无数次回到这里一无所获，子谦黯然望向十字路口，却在看到一抹粉色伫立街头的瞬间，由震惊到狂喜，百感交集。身着粉色修身大衣，有着一圈可爱毛毛领，微卷着披肩长发的女生，因交通指示灯的瞬间变化，被来往车辆逼迫得进退两难。脚步已在顷刻间跨出车门来到她身旁，甚至忘了在寒冬里扣上大衣的衣扣，拥她入怀，带着她避开从他们身旁疾驶而过的车辆。女生抬眸望向他，在见到他的刹那，灵动双眸绽放无限流光溢彩，扬起甜美笑容。"灵儿，我终于找到你了……"他们紧紧拥抱，感受着彼此的温暖与心跳，再也不必担心分离，再也不会顷刻消失。"子谦，我找到你了……"他们在漫天飞舞起纯白雪花的街头相拥，仿佛世界只有彼此，任凭周遭鸣笛声响彻云霄。子谦温柔轻吻上灵儿的唇，完成他们未完成的吻……

爱的代价

人物：李敏儿 26 岁 经理助理
　　　陈立文 29 岁 部门经理

　　（场景：李敏儿家客厅。中间摆放着双人沙发、茶几；客厅的左边是一个半弧形吧台，两只高脚杯和一瓶红酒置放在吧台上；客厅右侧是通往卧室的门。）

　　【从饭局回来，立文来到敏儿的家】

敏儿：进来吧。

【立文进到屋里环视客厅的摆设，有些惊讶，看向敏儿】

敏儿：愣着干什么，坐啊，我去换件衣服。

【敏儿进卧室换衣，立文坐上沙发，忽而瞥见沙发右侧的相架，那是两人小时候的合照】

敏儿：小时候可真快乐，你总是保护我，还替我受罚。

立文：呵，小时候的快乐很简单，不像现在很多事，都由不得自己。

【立文转身将相架扣在茶几上，看见已换了套红色衣衫的敏儿，怔怔地望着她】

敏儿：好看吗？

立文：嗯，你穿什么都好看。

敏儿：不，因为是你送的。知道么，从小到大，你写给我的生日卡片我都留着。

立文转移话题：哦，是么，那都能成为古董了。有咖啡么，我想喝一杯。

敏儿：还是老样子，一匙糖、两匙奶。【敏儿说着往厨房走】

立文：不，什么都不用加。口味会变，就像很多事都会改变一样。

【敏儿伤心地看了看立文。进厨房泡咖啡。端着两杯咖啡出来】

【敏儿将一杯放置在立文面前的茶几上，端着另一杯打开

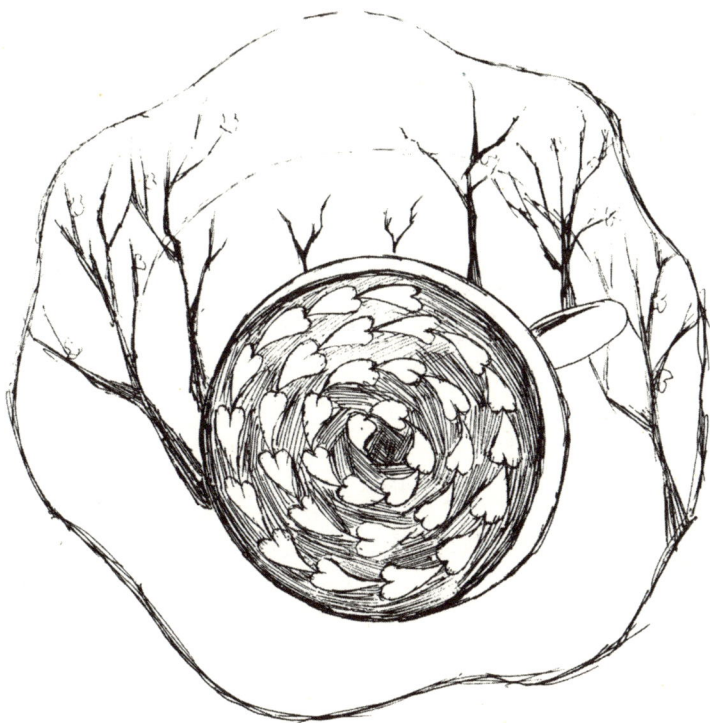

沙发右前方的音箱，传出歌声】

立文：这是……《First of May》？

敏儿：我还是每天晚上都得听，才能睡得着。（敏儿看向立文，立文回避她的目光）啊，对了，原来孟昊也最喜欢这首歌呢，我跟他说我失眠，他就推荐我这首，看来你们果然是很好的朋友。

立文：你现在经常跟孟昊在一起吗？

敏儿：是啊，你的那些王老五朋友中，他对我最殷勤了，经常约我吃饭看电影什么的。呵呵，对了，他竟然还跟你说了同样的话。

立文：什么话？

敏儿：非我不娶！【敏儿望着立文一字一顿地说】

立文脱口而出：你能不能不跟他交往。

敏儿：那你能不能不娶她？

立文意识到自己说错话慌忙改口：我的意思是，他不适合你，你真的想嫁给他？

敏儿：我想要嫁给谁，你比任何人都清楚。

【忽而立文的手机响】

立文：喂，萌萌啊！哦，饭局刚结束，我在回去的路上。爸爸要见我？好，我马上来。

立文：我得走了，可能要找我商量婚礼的事儿。【立文说着就要往外走】

敏儿：你真的这么狠心扔下我？你说过永远都不会离开

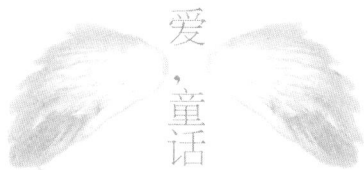

我！你忘了说过你只有我？你看看这个家，是你在孤儿院的时候跟我描绘过的 dream house，我一个字都没有忘记，你说它不需要很大但要很温馨——吧台、音箱，甚至沙发的颜色都是你希望的那样。【敏儿拽住立文的手】

立文：敏儿，你别这样，那些都已经过去了。

敏儿：过去？怎么过去？我们二十年的感情，你现在竟然告诉我要娶一个认识半年的女人！

立文：敏儿，我们现在已经不在孤儿院了，我们要面对现实。如果你不是我的助理，也供不起这间小屋子。

敏儿：我可以什么都不要！这里的工作、这里的生活，我全部都能放弃。我们去别的地方重新开始好不好？我只要你就够了，只要你！【敏儿靠上立文的肩头】

【立文的手机又响起，他推开敏儿，接了萌萌的催促电话】

立文：萌萌，路上有点堵，对不起应该快到了……

【敏儿一把抢过手机扔向沙发】

立文：你疯啦？【立文推了敏儿一把要去拿手机，敏儿拽住他】

敏儿：我希望我是疯了，还能比现在少点痛苦。没有你，你让我怎么活下去？难道你要看着我死吗？今天是我的生日，是不是要让它变成我的祭日！

【立文意识到敏儿在以死相逼，另一手抚上她安慰道】

立文：别做傻事敏儿。就算我结婚了，我们还是能像以前一样，我可以时常来这里看你，在办公室也能见面，你还是我的……

敏儿：我不要！我不能跟别人分享你，不管是以前、现在，还是以后，你都只能是我一个人的，我不允许任何人在我们之间！

【立文不耐烦地觉得谈不下去了，拿了手机就往外走】

敏儿：你给我站住！你今天踏出这个门，我也不会让你好过！我会把我们的相片寄给你的未婚妻，我会告诉她，你们在一起的这半年，你还跟我有关系！就算那朵温室里的花被你迷得神魂颠倒，可是王董呢，不容许有一丝瑕疵的他，还会接受你做他的乘龙快婿吗？！

【已快走到门口的立文停住脚步，背对着敏儿几秒，转过身，眼神中充满令人不安的冰冷，一步一步靠近敏儿】

敏儿以为立文回心转意：你知道我是最爱你的……我不想你离开我……你知道我不能没有你……

【立文行至敏儿跟前，忽而一巴掌将敏儿甩倒在地，敏儿睁着惊恐的双眸望着他】

立文：我最恨被威胁！你给我听清楚！我就要成功，就快得到我一直想要的生活！任何会成为绊脚石的人我都要搬开，包括你。告诉你，娶了她，总经理的位子迟早是我的，如果你乖乖听话，我还能留你继续做我的助理，不然你就有多远给我滚多远。要是让我知道你在背后兴风作浪，别怪我连以前的情

分都不顾。还有，我告诉过你别再跟我提孤儿院的事，那些什么都没有的日子，我一天都不想再记起！怪只怪你跟我一样，没有一个做董事长的爸爸！

【立文转身欲走，（敏儿看向吧台）拿出钱包抽出几张，扔向仍旧坐在地上的敏儿，转身就走】

【敏儿忽然抱住立文的腿，梨花带雨地哀求道】

敏儿：对不起，对不起都是我的错，我不该威胁你。你知道我是怕你离开我才胡说的，你知道我不可能那么做的。今天是我的生日啊，我不想一个人过，你陪我喝一杯酒好不好，就这一杯，我保证你结婚我不再烦你，只要你偶尔来看看我就好，好不好？求求你立文……

【立文看着她，默许了她的请求】

【敏儿高兴地起身至吧台处倒酒，端着两只盛着红酒的高脚杯来到立文面前，立文一饮而尽，敏儿却放下了酒杯，转而拿起了葡萄酒瓶】

敏儿：知道为什么是 1988 年的红酒么？因为那是我们相识的那一年。知道为什么今天是我的生日吗？因为这是你说"我们只有彼此"的那一天。

立文不想再听下去：我要走了。【转身要离开】

敏儿：你以为你能丢掉我吗？你休想！你休想！！

【毒性散发，立文痛苦的挣扎和敏儿的悲痛、绝望、报复的笑声交织一起】

【立文毒发身亡。敏儿痛苦跪地。一切都戛然而止】

【敏儿似疯了般慢慢靠近立文】

敏儿：立文、立文，你再也不能离开我了……我知道你最怕孤单了，别怕我会永远陪着你。这个世界上能永远和你在一起的只有我，你等等，我马上就来……

【说着，喝下自己的那杯毒酒，慢慢靠上立文】

那一抹阳光

教学楼走廊　　日　　外

我背着假期里新买的米白色书包慢慢走向高一（3）班的教室，比往常更硕大的书包将我的身体压得微微有些佝偻。临近教室，我下意识地挺了挺脊梁，虽知无济于事但总还是个心理安慰，三步并作两步踏进大门。

教室　　日　　内

周一清晨的教室总是格外忙碌——值日生忙着清理讲台及黑板周围的灰尘，同学们聊天的声音此起彼伏，假期彻底轻松的同学正埋头奋笔疾书，课代表们时而毫不留情地奋力抢着他们手里的作业本……

我径直走到自己距离窗户最远被阳光遗忘的位子，刚放下书包便听到不远处女同学羡慕的声音——

女同学 A："哇，你换了个书包啊，好漂亮呀。"

我微微有些诧异闻声望去，只见教室中央文艺委员懿的座位前围着两三个女生。

女同学 B "好可爱哦，这个是迪士尼 Marie 系列的限量版吧，赞的！"

懿："是啊，前天逛街的时候在迪士尼专卖店里一眼看到它就喜欢了。"

女同学C："限量版啊，那一定很贵哦？"

懿："还好啊，八百多一点。"

女同学C："这么贵呀？不过这样的书包也只有小懿你比较适合了。"

交完作业闲得无聊，我将身子往前挪了挪，又推了推架在鼻梁上有些滑落的眼镜，隔着一排座位仔细遥望被女同学A如获至宝似地捧在手中的懿的书包

——等腰梯形的样式，两边各有一个椭圆形的拉链口袋，中间的包盖上有着卡通猫咪Marie栩栩如生的经典形象，它的标志蝴蝶结被设计成立体造型，虽与普通书包的尺寸相仿，亦难掩精巧的特点，周身亮粉色的漆皮在阳光的衬托下显得熠熠生辉，包盖与包身搭扣处的粉色水晶Marie，在阳光的普照下更是散发着骄傲的光芒。我回头看了看被自己挂在椅背上的新书包，原本就淡淡的颜色，此时蜷缩在这不起眼的角落里，显得越发黯然无光。

回过身，视线却被一手拎着书包，一手插在裤袋中的谁的身体挡得严严实实，我沿着校服右排纽扣往上望去，迎上的是一双极为清亮的眼眸——

"嗨，早！"对方送上充满笑意的问候。

我："早，文。"我有些不自然地回答。

文："咦，换了个新书包啊。"

文的眼光不知什么时候落到了我的新书包上。

文："颜色很适合你嘛，款式也不错。"

突如其来的夸赞令我有些受宠若惊。

我："适合我？真的吗，谢谢。"

说着，文已在与我隔着一条走廊的同一排落座。

我："诶，你的座位不是在懿的后面吗？"

文："OMG，身为在同一个教室学习生活的同学，你竟然不知道我的座位从今天开始发生了翻天覆地的变化。"

看着他痛心疾首的样子我赶忙赔不是。

我："哦，不好意思，是我没注意。"

文："算了，看在你诚心道歉的份儿上，我就勉为其难地原谅你了。等等……"

忽然文用手比画了一下自己的领带，又指了指我的。我低头一瞧，原来自己的飘带歪斜地挂在衬衫领子上，慌忙拨正它，不好意思地瞟了一眼文，他又用手比了比头发，我慌忙摸上自己那头齐耳短发，将翘起的部分胡乱抓齐，"哈哈哈……"看着我手忙脚乱的样子，文终于忍俊不禁起来，我咬着下唇有些生气又尴尬地望向文的笑脸，弯弯的眼睛、上扬着嘴角、皓齿明眸、快乐的神情，有一种暖暖的阳光的味道。

注意到我的不自在，文止住了笑声却仍挂着阳光般的笑容。

文："预祝我们'邻桌'生涯愉快！"

我没好气地看着他，"你不是已经很愉快了嘛？"

文："呵呵，是啊是啊，你呢？"

看着他想要收起笑容做出认真模样而似笑非笑的脸，我也被他逗乐了。

忽而瞥见不远处的懿，正目不转睛地注视着我们。她长长的睫毛掩饰不住眼神里的犀利，拨弄着垂在胸前绑着漂亮头饰、又长又黑的辫子。我尴尬地挤出一丝笑容跟她打招呼。然而迎接我的却是一个不屑一顾，却又意味深长的白眼……

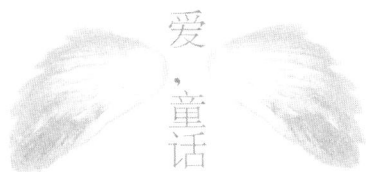

险象环生

人物：
严皓宇 / 32岁 / 上市公司执行董事 / 年少多金、自我中心、游戏感情
林可心 / 23岁 / 大学毕业生 / 甜美、善良、坚强、宽容
曹阳 / 31岁 / 严皓宇死党 / 表里不一的好好先生

三十岁出头，帅气青年才俊严皓宇，靠着父辈的基业和自己不俗的生意头脑，经营着一家跨国上市公司。身为公司执行董事的他，每每都能做出正确的决断，令公司平步青云。然而事业上的成功同样膨胀了他不近人情、不顾他人感受、以自我为中心、自负的个性。经常在会议上令呈上报告的高管们下不了台，就连他最信任的死党、身为公司总经理的曹阳也未能幸免。从小父母离异以及商场如战场，没有永远值得信赖朋友的事实，导致他的心孤寂难耐。于是没有应酬的时候，便拉着曹阳夜夜笙歌，或是流连在不同的女人之间，用游戏的心态证明自己的魅力，甚至抢了曹阳心仪的女人，还美其名为"替兄弟把关"。

某夜，严皓宇和曹阳一样在酒吧喝酒。皓宇从洗手间回来后，曹阳因故先离开了酒吧。而素有千杯不醉之称的他，竟然

被三杯威士忌醉倒。迷糊间感觉被人架上了车，隐约听见车主向谁报告着行动。

被一盆冷水泼醒的严皓宇，发现自己被反绑在一张凳子上。三名蒙面男子，将其绑架到了一个废旧的一室一厅的民宅。索要三千万的赎金，皓宇不应，三人操起棍子逼近，皓宇抬腿踢飞一个靠得最近的匪徒，但是由于双手的不便最终败在乱棍之下。匪徒搜走了他的电话，逼迫皓宇致电曹阳要他筹集三千万赎金。曹阳答应两周之内交上赎金。在此期间，公司的一切大小事宜均由曹阳代为打理，但是一些重要决策，即使他手握重权也毕竟不比皓宇，诸多失误因而令公司蒙受损失。在等待赎金的过程中，皓宇探出自己是被关在郊外的半山腰上，也知道了这三人似乎只是收钱替人办事。他也发现那个手臂上有着明显刀疤的男子，是他们三人的小头目，也只有他常常下山，想必是与那个幕后人进行联系。不久，他们绑回一个被蒙了双眼的年轻女子，勒令皓宇对其施暴，并要拍下过程，以备以后勒索，也是牵制他报警的砝码。皓宇百般周旋的伎俩，令三人有了分歧，却被幕后人一举识破。三人以他和她的性命威胁，最终无计可施的皓宇被枪指着头，在极度无奈之下，做出了令他毕生觉得愧疚的事。然而折磨并未因此结束。将安眠药含在口中假寐的皓宇，从他们的攀谈中得知幕后人要的不只是钱，而是他的整家公司，并认为现在的筹码还不够大，决定让他亲手杀了被绑架来的女子，留下能够更完全牵制他的"犯罪证据"。皓宇决心不再坐以待毙。他利用解手时偷偷藏起的一枚已有些发锈的刮胡刀片，慢慢割开捆扎他双手的绳子。皓宇瞅准了刀疤头目下山找食物，看守他的匪徒松懈打盹儿，另一个禽兽进房间想要侵犯那个女子的当口，一举挣脱绳索，操起一根铁棍对着还在打鼾的匪徒头部猛击，拔出他的枪踢门而入击毙了正要施暴的匪徒，解开女生手脚上的绳索带她逃离了民宅。两人拼命地往前跑，却因为不熟山路迷失方向，被铁棍击昏的匪徒在这时追上他们，皓宇与其展开搏斗，匪徒不慎坠下山坡，却在千钧一发之际拉了一把身旁的女子，她也同时滚下山坡，幸而头部撞上不远处的一块大石头才幸免滚落。皓宇带着昏厥的她，亦步亦趋地走在山路上。离开危险地带很远了，终于遇上一辆要赶去市区的车，好心的司机将他们送到了医院，在车上皓宇便借了司机的手机，给有些交情的公安局长挂了电话。

女子被送进急救室，她的父母和好友心急如焚地赶来医院。原来她叫林可心，是刚刚毕业的大学生，在被绑架之前，正与即将各奔东西的同窗好友结伴旅游，却不幸成了牺牲品。皓宇不敢告诉他们，她失踪的那段时间发生了什么，于是只能撒了个谎告诉他们是自己发现了躺在山路旁的可心，将她带了回来。可心终于苏醒，但由于头部受到撞击，使她患上心因性局部失忆症，忘记的就是那段创伤事件以及前后数小时内的所有情况。公安已查到两名死者匪徒的身份但未能在现场找到皓宇的"犯罪证据"，警方已布下天罗地网追捕在逃的刀疤头目，即便他

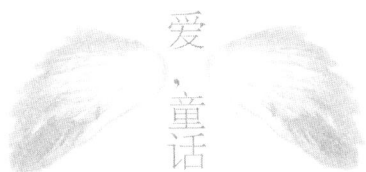

的手上真握有把柄也无济于事。皓宇的生活重又恢复正常，他每天都捧着一大束花前去探望可心，望着一家三口其乐融融的样子，虽没有太好的物质条件，但无时无刻都洋溢着自己做梦都想得到的家的温馨，想到因为自己而使这样一个幸福的家庭、无辜的人儿遭受痛苦，愧疚感更为深刻。得知可心还未找到工作，皓宇便盛邀她加入自己的公司以弥补亏欠，可心一家对这位"恩人"更是感激不尽。

可心的甜美、善良、坚强、温柔、谦和、宽容、优秀，赢得了公司同仁的喜爱，更博得了皓宇的爱恋，尤其是可心总是对他这位恩人露出甜甜的笑容。在每日的工作相处中，两人的感情逐渐升温，但情感每进一步，皓宇的歉疚感也跟着加强。他趁着酒醉告诉了曹阳积压在心里的困扰。对可心同样心生好感的曹阳知晓了这个事实，便开始经常有意无意地帮助可心恢复记忆，而他的行为也变得怪异、偷偷摸摸、令人生疑，皓宇更是查出曹阳挪用了公司一千万。

为了查明真相，皓宇尾随曹阳，竟发现他与刀疤头目交易光碟。皓宇用计从曹阳处得到了刀疤头目的号码，布了局，威逼利诱刀疤头目拿出还留在手上的以备不时之需的皓宇的"犯罪证据"。原来曹阳就是策划绑架他的幕后黑手。那天是要拿钱让他跑路，顺便拿回可以要挟皓宇的证据。皓宇软硬兼施要求刀疤头目做污点证人，让曹阳双罪并罚绳之以法。念在曾经的兄弟情义，皓宇还是决定劝说曹阳自首并答应为他求情。曹阳将手中的光碟寄给了可心。可心恢复了那段创伤的记忆，也想起了皓宇对自己造成的伤害。爱着皓宇的可心无法原谅他的欺骗而离开了他。

皓宇伤心难耐决定将曹阳投进监狱，狗急跳墙的曹阳绑架了可心，勒令皓宇一个人带三千万给他。曹阳诉说着自己对皓宇长久以来的怨恨，一笔笔地细数着彼此的恩怨。为了可心的安全，皓宇忍受着曹阳的侮辱，他对可心表明着自己的真心。皓宇瞄准时机将曹阳扳倒在地，敲落他手中的匕首，警方也适时赶到。曹阳终得到应有的惩罚，皓宇可心有情人也终成眷属。

（作者附言：《险象环生》是由一个真实案件改编而成。但现实永远更残酷恐怖。当我知晓这个案件，便萌生了想要用艺术想象改变悲惨结局的念头，终于在上戏编导系专升本第二年将这个故事按照意愿撰写成梗概。但这样的改编却遭到编剧导师的质疑。他提出如果按照案件本身的发展，进而探讨人性更深层的问题，会更具可看性和话题性。可是这样的建议违背了我写下这篇故事梗概的初衷。我既不想违背初衷，但又明白导师的建议对于作品来说可能是更好的选择。天人交战至今日，只能以故事梗概，供各位赏阅。细节处各位看官就按照自己的喜好加以想象完善吧。说不定，我会重新写出成品哦。）

消失雪人

日　　外　　　　市中心某写字楼全景
　　　　　　　　写字楼门口台阶远景

一辆快递助动车停在大楼门前，快递员从后备厢中捧出一大束白玫瑰，径直走进大楼。

日　　内　　　　大楼内走廊、办公室

电梯停在 17 楼，快递员走过圣诞花整齐地排放在两侧的走廊。走廊的尽头是《Women》时尚杂志的编辑部。装有感应器的玻璃门上贴着一对乐呵呵的圣诞老人，前台的大桌子旁，一株挂满可爱挂件、缠绕着小灯泡的圣诞树，正五彩缤纷地闪烁着。

前台："您好。"

快递员："您好。请问这里有没有一位钟小姐……"

前台："请稍等。"

前台拨通了内线电话："SaSa，又有快递给主编的花了。"

SaSa 赶至前台代为签收花束，路过同事们的办公桌直奔主编室。几位同事议论纷纷——

女同事 A："现在是下午 4 时 12 分，这已经是今天主编收

到的第六束花了。"

女同事 B："羡慕 ing，这样的节日都能收到这么多花呢。"

男同事 A："这样就羡慕？比起情人节的阵势已经是小巫见大巫啦。我们还是来赌一把，这束花能在里头待多久比较实际，我赌 8 秒！"

女同事 C："赌你个头啦！不过那么多黄金钻石男我们主编就没一个看得上的？唉，我们主编该不会……"

男同事 A："诶诶，小心你今晚的圣诞大餐只有一道菜。"

女同事 C："什么菜？"

男同事 B 配合默契地："炒鱿鱼啊！"

女同事 C："要死啦你，我只是猜测而已嘛。是有点奇怪啊，难道你们不觉得吗？"

男同事 B："依我驰骋情场多年的经验，我们主编成功从'剩女'转型为'圣女'，只可远观不可亵玩的那种。"

女同事 A："天哪，你还不如直接说她晚上是回静安寺的！"

男同事 B："我才不是这个意思好伐！"

男同事 C："得了得了，什么远观什么寺庙，我只关心现实问题。等下那束白玫瑰出来你们可都别跟我争啊，等了一整天了终于等到我女朋友喜欢的花了，等下买花的钱也省了。"

女同事 B："呵呵，做你的女朋友还真是要非常能省才行哦。"

男同事 C："那当然，我可是'经济适用男'啊——必须花的钱省着花，能不花的钱打死不花！！"

几位同事用鄙视的目光看着此 C 男，异口同声："切！"
迅速回座位……

日　　内　　　主编办公室

宽敞的主编办公室以白色的基调为主。浅灰色的地毯铺就地板；离门不远处偏右一些，摆放着一张乳白色的长沙发；在沙发的右前方，一组乳白色四层书架靠在白色的墙面上，《Women》杂志和尺寸是《Women》一半的副刊《Girls》，按照出版期数整齐地罗列以及诸多时尚美容资料、读者来信和一些散文小说陈列在书架上，几只设计师巧夺天工、色彩丰富的玻璃花瓶，作为间隔分类，也起到了点缀的作用；沙发左面是一整排落地窗，两把红色的软垫靠背椅竖在窗前，中间隔着圆形的玻璃小桌；在它们的右侧是一株"情人结"；沙发的正前方，钟雪漫坐在红色的转椅上，正翻阅着乳白色办公桌上的文件；她身后的那堵白色的墙上挂着巨幅拼版——紫色的天空、落雪的场景、依偎的背影。

忽然有人敲门，忙于手中文件的她应声："进来"。SaSa抱着那束白玫瑰进到屋中。

SaSa："雪漫姐，《WE》广告公司的曹总送来一束白玫瑰，他邀请您六点在 Hilton 共进晚餐。"

钟雪漫的双眼丝毫没有要离开手中文件的样子："替我打个电话谢谢他，就说我今天不舒服不能赴约。明年是否要合作

的事宜改天我会亲自约他详谈。"

SaSa："雪漫姐，那这花……"

钟主编："一样处理。告诉他们可以下班了。替我泡杯咖啡进来。"

SaSa抱着花束出了主编室。钟雪漫从文件堆里抬起头靠上椅背，一手抚上额头，轻轻地按摩着太阳穴。捋了捋额前染成巧克力色波波头的刘海，忽而瞥见窗外纷飞起白色的雪花；虽然脸蛋上淡雅而精致的妆容，更突显了五官立体的优点，却难掩眸中那一丝惆怅，此时更是出卖了她跌入记忆旋涡的思绪——

（闪回片段）　　日　　内　　大学阶梯教室

教授正在讲台上唾沫横飞，公共讲座的教室里只有零星点点的空位。雪漫坐在最后一排靠近后门的位子，黑色长直发披落在胸前，头顶的白色绒帽遮住了整个额头。只露出一小撮右分的刘海，素颜却白净的瓜子脸，灵动而清澈的双眼，时不时地低头记着笔记。

"我可以坐在这里吗？"一句低声的询问，随着后门关合的声音在耳边响起。雪漫闻声抬头，一双被帽子围巾遗落在外的清亮眼眸映入了她的眼底。

"哦，好。"微微愣了愣的雪漫，赶忙移开身旁空位上自己的外套，男生道谢落座，一边压低了蒙起小半张脸的围脖。雪漫经不住悄悄打量起身旁的他——有着男生少有的白皙肤色、

很好看的侧面、长长的睫毛、蓝色的帽子、蓝白相间的围巾、白色的蓬蓬羽绒服，令她联想到小时候难得才能堆砌的雪人。

"下雪了呢。"不知何时注意到窗外的他，轻声宣告着自己的发现。

正埋头写着笔记的雪漫兴奋地望向窗外，被雪景吸引着上扬了嘴角。

日　　内　　主编办公室

钟雪漫将陷在回忆中的自己拉回现实，收回目光将思绪扔进工作里不留一丝闲暇。可是这个念头却在瞥见左侧的书架时终告无用——

（闪回片段）　　日　　内　　大学图书馆

扎着马尾的雪漫，站在书架前正在翻找着自己所需的书籍。忽然一双游移在她对面书架及书籍间，似曾相识的清亮眼眸引起了她的注意。雪漫从某一排书架上取下想要翻阅的书籍，放于它背面的那本书也在这时被人取下，取书的正是那双清亮眼眸的主人——依然一身纯白的，在讲座课上的"雪人"。

他似乎很高兴地用气声和手势打着招呼："HI！"

雪漫微笑着点头示意也用气声招呼："你好。"

两人带着各自需要的书籍一同走出图书馆。

他："刚才跟你打招呼的时候知道我在想什么吗？"

钟雪漫带着笑意望着他："猜不到，什么类？"

他："我在想，如果你已经不记得我或者对我视而不见的话，我是不是该屁颠屁颠尾随你出了图书馆，然后郑重其事地向你介绍自己。谢谢你让我不用这么糗。"

钟雪漫被这样直白且随意的开场白逗乐了："很高兴你不用尾随也不用郑重其事，不过我想你该随意地告诉我该怎么称呼你？"

他："樊时宇，工商管理系二年级。"

雪漫："我叫钟雪漫，中文系一年级。"

时宇："你的名字很好听啊，'雪漫'，是因为出生在下雪的时候吗？"

雪漫："是啊，我出生那天下的可是那年的初雪呢，而且是漫天飞雪，所以我的名字也就应时应景啦。"

时宇："原来是这样，那你一定很喜欢看见雪，因为你就是随着雪花一起降临这个世上的。怪不得呢，那天讲座课上看见落雪，你会露出那么甜的笑容。"

雪漫："是很喜欢，这座城市不是每个冬季都有雪的。已经好几年没有下雪了，那天看见觉得特别高兴。可是我有笑吗？我没觉得呢。"

时宇："有哦。呵，那你也很喜欢去图书馆是吧？"

雪漫："是啊，经常去。因为我喜欢图书馆的感觉。"

时宇："嗯，看出来了，你每次在图书馆，都有一种心无旁骛的专注。"

雪漫有些诧异地望着他："每次？"

时宇："俄……我是说，你刚才看书的样子很平静……跟图书馆的感觉很和谐。"

雪漫："啊？呵呵呵。"

日　　内　　　主编办公室

"丁零零……"，办公桌上的电话忽然响起，打断了钟雪漫沉浸在回忆中的思绪。

钟雪漫："喂，你好！哪位？"

（画外音："雪漫。"）

钟雪漫："哦，妈啊。"

（画外音："要下班了吗？今天有约吗？没有的话回来吃饭吧，你爸买了蛋糕给你过生日。"）

钟雪漫："妈，我还在公司呢，待会儿还有个地方要去，明天回来吃饭好么？"

（画外音："是有约会吗？那去吧。雪漫你也不小了，不能老想着……"）

钟雪漫："妈，我给你和爸买了张按摩椅，说是今明两天就能送到的，您慢点接收一下。"

（画外音："你这孩子怎么生日老给我们买东西呢。"）

　钟雪漫："我明天回来教你们怎么用。这个按摩椅很

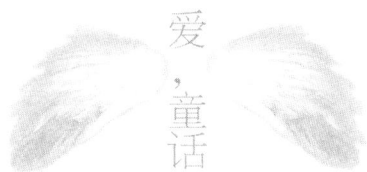

適合你们。"

（画外音："好吧，别工作太晚了早些回去，这两天下雪了多穿点衣服。明天早些回来。"

钟雪漫："好。"

挂上电话的钟雪漫再次回到记忆里——

（闪回片段）　　傍晚　　外　　图书馆门口

雪漫背着大大的双肩包，带着心情糟糕的表情，独自徘徊在图书馆门口，踩着脚踏车的时宇，突然出现在她的面前。

时宇："雪漫，你怎么还没回家啊？"

雪漫："时宇，你怎么在这儿？"

时宇："我骑车回去，半路上才想起来有两本书今天到了还书期限，所以又骑回来了。"

雪漫："哦哦，那快进去还吧，管理员要关门了。"

时宇："好好，那你等我一下，我马上出来。"

时宇用最快的速度回到雪漫身边，推着脚踏车慢慢陪着她在校园里绕圈圈。道路两旁的树上挂着彩灯，闪烁地宣告着节日的来临。

时宇："你怎么了？今天是周末为什么不回家？"

雪漫："我……还不想回家。"

时宇："为什么？发生什么事了吗？"

雪漫："今天是我的生日。"

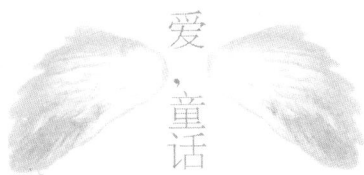

时宇："真的？生日快乐，原来你是平安夜出生的呀。有没有听说过平安夜出生的女孩子都是天使哦。究竟有什么事能让天使这么不高兴呢？"

雪漫紧绷的表情终于重展笑颜："呵呵，我可没听说过。其实也没什么啦，我推了聚会，因为爸爸妈妈说要给我过生日。"

时宇："那不是很好嘛，你该赶快回去啊。"

雪漫："可是他们好像忘了要送我的贺卡。从我出生的那一天开始，每年收到爸爸妈妈的礼物和卡片，那些卡片我全都留着，上面都是他们对我的寄望和关怀。对我来说每个字都很珍贵。可是今年他们却忘了卡片，只是一起买了礼物给我。"

时宇认真地听着，表情由担心变成释然。

时宇："小傻瓜，我还以为什么事呢。你现在回去说不定他们已经准备好卡

片了呢。就算真的没有，或许因为他们觉得你长大了，可能不需要这样的卡片了，所以才只买了礼物给你。如果你试着告诉他们，其实比起礼物，你更在乎那些充满关爱的卡片并且全都珍藏着，我想他们一定会很高兴的。"

雪漫："是吗，我该告诉他们？我以为他们一定知道我在乎的。"

时宇："爸爸妈妈可没有顺风耳，具备时时听到我们心声的本事。我们想要什么、在乎什么，不说他们未必知道。而且有些感情也是需要直白地去表达的。即使是对最亲密的父母也

一样。其实仔细想一想，我们的生日正是妈妈们的受难日，而且他们给我们的生命，平时他们做的一桌好菜，他们给的零花钱，很多很多都已经是最好的礼物了。"

雪漫突然停下脚步看着时宇陷入愧疚的沉思里，时宇回头找雪漫退回她的身旁。

时宇："上来吧，我送你回去，再晚些他们得担心了。"

傍晚　　　内　　　主编办公室

SaSa一手端着咖啡，一手拿着个小纸袋，敲门而入。

SaSa："雪漫姐，咖啡。还有这个，生日快乐！"

钟雪漫："谢谢，男朋友来接你了吗？"

SaSa："他已经到了。你还不走吗？"

钟雪漫"嗯，我再待一会儿。那你快去吧，等下路上得堵了。"

"好，拜拜！"在快要握到门把的时候，SaSa却折了回来。

SaSa："雪漫姐，我能不能以朋友兼学妹的身份跟你说些话？"

钟雪漫抬头看着她，双手交叉抵着下巴。

SaSa："我知道你不喜欢别人管你的私事，但是我想告诉你，其实曹总还是挺真诚的。至少可以有个人陪你，学长毕竟……"

钟雪漫："那你留下陪我吧。挑出明年第一期需要的读者来信和情感美文，

明天一早各交给我契合主题的四篇。"

SaSa："啊？"SaSa 被吓得愣在原地。

钟雪漫抿嘴一笑："走吧，以后在办公室不要跟我谈私事。"

SaSa 应声出门。钟雪漫端着咖啡起身踱步到窗前，亮灰色的超短款外套、黑色贴身打底衣、剪裁合身的亮灰色长裤、黑色鸡皮高帮细高跟鞋、外套领子上的水晶胸针以及腰带上的水晶铆钉相得益彰，更增添了时尚感；得体的装扮将并不高挑的身材修饰得比例匀称且修长。看到窗前的那一株"情人结"，熟悉的言语又在耳边响起——

（闪回片段）　　日　　外　　花店门口

牵着手的雪漫和时宇漫步至一间花店门口，突然发现"新大陆"的雪漫，用力拽着时宇。

雪漫："时宇，你看那株植物叫什么来着，样子好特别哦。"

随着雪漫指的方向，只见一株生长于大盆内的植物——清晰地呈现在盆中的一大一小两条根，树干却紧紧地缠绕在一起，顶部的枝叶发散地伸展着。

时宇："那是'情人结'，明明两条根的植物，却生长在一个盆里紧紧缠绕一起。据说相恋的人要将它放在一天中能见到它最久的地方，象征彼此间的爱永远不会消逝哦。"

夜　　内　　主编室

钟雪漫酌一口咖啡，背靠在落地窗上，看向拼版——

（闪回片段）　　　　傍晚　　外　　　校园

雪漫从寝室楼出来，奔向正在大雪纷飞中等候她的时宇，时宇的手中拿着一只 DV。

雪漫："你怎么帽子围巾都没戴呀。"说着就要取下自己的围巾给他。

时宇出手阻止雪漫的动作："不用了、不用了，我不冷。"说着替她重新系好围巾。

雪漫："那我陪你去寝室拿吧，明明是怕冷的人就别逞强了嘛。"

时宇："不了，难得下这么大的雪，等一下就没了，我先帮你拍吧。"

雪漫终于拗不过时宇，还是乖乖听了摄像师的话。"啊嚏！"终于敌不过寒冷的时宇开始喷嚏连连。

雪漫："看吧看吧，让你去拿围巾你不听，冷了吧？乖啦，先戴我的。"

时宇忽然一把将雪漫搂进怀里，用外套紧紧裹着她。

时宇："这样就不冷了。"

雪漫："你是傻瓜吗？万一感冒了怎么办。"

时宇："为了我的天使和这雪花融为一体的美景，感冒也值得啊。"

雪漫："就知道油嘴滑舌，懒得理你。"

时宇抬起雪漫的脸，那双清亮的眸子里满载着真诚："我

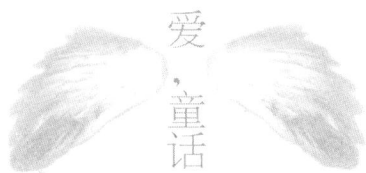

是说真的，你就是我的天使。"

雪漫同样真挚地望着时宇："你是我的雪人，永远不会消逝的雪人。"

夜　内　主编办公室

看了一眼手表，钟雪漫放下咖啡杯，穿起纯白色、隔绒呢大衣，背上单肩大包出了大厦。

夜　外　街道

霓虹灯璀璨，各商场门前的特大创意圣诞象征物争奇斗艳，欢快的节日氛围与人们的笑容交相辉映。覆盖在钟雪漫眼中的那一丝忧伤，却与此时的气氛甚为格格不入。在她的眼里看到的是一身纯白的时宇和一头直发、穿着鲜艳的雪漫，在这样的时节依偎着笑着走过自己的场景；以及时宇捧起冻得冰冷的雪漫的双手，将自己的温暖传递到她的掌心。

夜　内　餐厅

钟雪漫走至一间叫作"提拉米苏"的餐厅。

服务生："钟小姐，这边请。"服务生将钟雪漫带至靠窗的 7 号桌。

服务生："店长已经替您配备了晚餐，提拉米苏做好后要即刻上吗？"

钟雪漫："好，现在上。"

看着眼前的提拉米苏，在钟雪漫的眼里时宇出现在身旁的空位上——

时宇："你尝尝这份甜品，它叫提拉米苏。这家店的提拉米苏做得很出名。"

时宇："好吃吧？提拉米苏还有个很美丽的故事呢。'提拉米苏（Tiramisu）在意大利原文里，意思'带我走'。 二战的时候，一个意大利士兵即将开赴战场，他的妻子为了给他准备干粮，把家里所有能吃的饼干、面包全做进了一个甜点里。那个甜点就叫'提拉米苏'。于是这个士兵在战场上吃到提拉米苏，就会想起他的家，想起家中心爱的人。所以提拉米苏带走的不只是美味，还有爱和幸福。所以它还有一个含义是'记住我'。 提拉米苏是一款属于爱情的甜品，吃到它的人，会听到爱神的召唤。是不是很浪漫？以后你每年生日我都带你来吃好么？"

时宇："虽然今天不是你的生日，但还是可以来这里吃提拉米苏嘛，够浪漫啊，快点吃吃看嘛。"时宇拿起嵌在提拉米苏里的一枚银戒指，很简单的款式却散发着耀眼的光芒。

时宇："这枚戒指上闪烁的虽然不是钻石，只是水晶，但却是我努力存钱买给你的，希望你可以一直都戴着它。"

时宇的影像渐渐淡去，雪漫抚上颈间用项链串起的那枚戒指。

夜　　内　　客厅

雪漫打开家门进屋，一只白色的小猫立马窜到她跟前。雪漫抱起它疼惜地揉了揉，换了一身休闲居家服，将小猫的水盘食盘装满，看着它满足地大快朵颐，她不禁想起当初将它捡回家的情景——

（闪回片段）　　日　　外　　街角

天空飘飘洒洒细细的小雪，雪漫来到与时宇约定的地点却不见他的人影。忽而听见不远处有人在唤她，像是时宇的声音。闻声望去果然时宇蹲在不远处的街角，他的身旁有一团白绒绒的小球，雪漫凑近一瞧原来是只纯白的小猫，看上去只有两三个月的样子，细声细气地"喵喵"叫着，让人不忍移开脚步。

时宇："这么冷的天把它留在外头太可怜了，我们收养它好不好。"

雪漫："好啊，好可爱。先替它起个名字。"

时宇："嗯……就叫'小雪'好了。"

雪漫："大哥，你没搞错吧，这是你叫我的昵称啊。"

时宇："哎呀，有什么关系嘛。"

雪漫："当然有关系。"

时宇："你看看它，圆溜溜的大眼睛简直跟你一模一样，还有这小嘴跟你一

样，看似只塞得下樱桃，哈哈……"

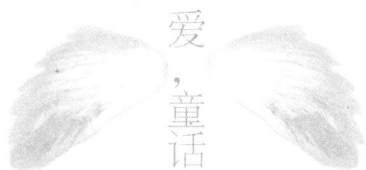

雪漫："切，那干嘛不能叫'小宇'呀，不是跟你一样总是穿一身纯白呢嘛。

我不管，反正你的世界里只能有我这一个小雪。"

时宇："哈哈，真是的，你连猫咪的醋也吃啊。"

……

夜　内　家

钟雪漫进到卧室，望着玻璃橱中摆满两层的、会下雪的音乐玻璃球，耳畔响起时宇的声音——（画外音）"以后你每年生日我都会送你一个会下雪的玻璃球，这样的话就算生日那天没有真的下雪也能见到飞舞的雪花。"

钟雪漫伸手拿下被自己放在最靠角落的那只玻璃球，它的设计很独特，球体里头的景观是用彩色玻璃制成的——红白相间的屋子、落满积雪的屋顶、绿色的一株圣诞树挂满了彩色的礼物盒，靠前一些的地方是一个雪人和一个天使依偎在一起。玻璃球的底部有一个控制灯泡的开关，开启它时球体中的颜色随着灯泡的变幻而五彩缤纷；还有一个控制雪花的开关，它可以让球体中的雪花肆意飞舞永不停歇；底部中间的那个转钮，旋转着就能放出悦耳的音乐。

钟雪漫坐上床榻，注视着手里的这枚玻璃球，往事重上心头——

（闪回片段）　　　日　　外　　　甜品店

时宇和雪漫坐在"提拉米苏"店里言谈甚欢，忽然时宇告诉雪漫公司的近期安排。

时宇："公司派我去欧洲公干。"

雪漫："很好啊，这机会难得。得好好表现。什么时候走？"

时宇："下周，看来要去一个月。"

雪漫："一个月？？那你不能陪我过生日了？"

时宇："嗯，有可能。我这次是被派去意大利和瑞士，去威尼斯的时候我会

先送来生日礼物哦，让它替我陪你过生日。"

雪漫："这么神秘啊。是什么类？透露一下啦。"

时宇："不说，现在就知道多没意思呀。"

（闪回片段）　　　日　　内　　　客厅

雪漫正坐在沙发上把玩着刚收到的这颗玻璃球，突然手机响起。她以为会是时宇打来的询问电话，来电显示却是时宇家的号码。雪漫疑惑着接听了电话。话筒里传来的，是时宇父亲仿似憔悴了百岁的声音，哽咽着告知她"时宇乘坐的意大利开往瑞士的客车遭遇事故，他目前处于失踪状态"的消息。雪漫不知道自己听到了些什么答复了些什么，只觉得整个世界瞬间崩塌一般没有了支点，她瘫软在地。所有的幸福、美好、快乐、一切的一切都随着她的雪人的消失而消逝。

夜　　　内　　　卧室

　　晶莹的泪滴落在手中的玻璃球上，钟雪漫伸手拧转着玻璃球底部控制音乐的转钮，一圈一圈直到不能再转。徜徉在这温婉的旋律里任凭泪水似断了线的珍珠般簌簌下坠。忽然音乐逐步变轻了，竟然出现了时宇的声音——

　　（画外音）："亲爱的雪漫、小雪、Angle，真的对不起，今年没能陪你过生日，但是我的这份礼物够别出心裁吧，这是在威尼斯的玻璃工坊打造的哦，还是我亲自设计的。乍看之下只是只玻璃球，但是独到之处就在于它能录音，哈哈没想到吧，我刚知道的时候也惊讶了一下呢。还有玻璃球里头的装饰，仔细观摩一下就能体会到我有多么用心啦，呵呵，所以咯，虽然我不在你身边，可是我的声音可以伴你左右，而且你是我永远不会飞走的天使，我也是你永远不会消逝的雪人，我们将来还要拥有自己的大房子。对了，原来威尼斯是提拉米苏的发源地，味道真的非常不错呢，总有一天我要带你亲自来品尝……"

　　钟雪漫抱着玻璃球终于失声痛哭，仿似一直以来积压的痛苦在顷刻间爆发，小雪跳上床榻安慰，乖巧地舔走她的泪水。

　　（镜头从雪漫拉到窗外摇到夜空）雪依旧在下，只是她的雪人终究还是消失了……

消逝如梦

这是一间规模不大，却处处彰显温馨的小书店，有着大学时代图书馆的影子。平日里的顾客并不多。夜晚时分，一天的营业已临近尾声。虽已顾客寥寥但店员依旧周到地提醒着顾客："请尽快选购书籍，本店即将结束今天的营业，感谢您的光临。"钟梦如在一排书架前，找到自己想要的书，直奔收银台，眼见有着两位收银员的收银处，只有一位顾客已掏出钱包准备付钱，便并排在他身侧将书交给另一位收银员结账。当她从收银台拿起被装进袋子的书欲转身离开，身旁的顾客也在此时转身，两人手中的书因身体的碰撞而落地，梦如蹲身想捡起书边道出"对不起"，地上的书籍已被同样说着"对不起"的男子捡起，递于她的眼前，两人都有些尴尬地起身，梦如接过书，微笑着道了一声谢谢，礼貌地道别便转身离去。

梦如急匆匆地跑回书店，迎接她的是紧闭的大门和一室的漆黑。梦如失望地耷拉着脑袋，正准备往回走，忽然身后响起男子的声音："我正在等你。"梦如闻声回头，说话的正是刚才的那位男顾客，梦如惊喜地捧起手中的书袋，"不好意思，先生。刚才我们的书拿错了。"

傍晚　　外　　　写字楼全景　　　写字楼门前

正是下班时分，写字楼里的上班族鱼贯而出，钟梦如步出大楼，精致淡雅的妆容，不仅突显了五官立体的特点，更使得本就灵动的双眸，因此时的等待而越发神采奕奕；绿玫瑰盛开着的白底连衣裙，将身材勾勒得恰到好处，OL之余不失活力，而她恬静的气质，在身边行色匆匆的路人衬托下彰显无疑。梦如抬起手腕看了看时间，望了望秦昊喆该来的方向，一束紫玫瑰适时地出现在眼前，梦如露出了然的甜蜜笑容看向来人，"纪念日快乐。"两人几乎在眼神触及的刹那，异口同声地向彼此送出祝福，继而又为这样的默契相视而笑。梦如伸手接过花束，昊喆眼神尽展宠溺地将梦如耳侧略显凌乱的发丝整理到耳后。牵起梦如的手向已预订好的餐厅行去。

（入戏）　　夜　　内　　　餐厅

服务员送上牛排，只见梦如从盘中挑出胡萝卜，昊喆将牛肉切成小块，两人不约而同地端起盘子看向对方，见彼此的动作如此一致，都露出会心的笑容，说着"谢谢"交换了餐盘。席间，梦如从包里拿出准备好的礼物递给昊喆："两周年纪念日礼物。"昊喆微笑接过，忽一手抚头做出悔愧状："哎呀，

最近实在太忙，都没能准备你想要的礼物。"梦如指了指紫玫瑰：
"没事啦，有花啊。"昊喆剑眉微拧："那怎么行，待会儿去
我们的书店，买你想要的书吧。"梦如疑惑："什么叫我们的
书店？"昊喆眼神专注地看着梦如不急不徐地道："我们初次
相遇的那家书店，今天正式重新营业，我们去看看吧，或许会
有你想要的书。"昊喆特意加重了最后"书"字的音。梦如却
为这个好消息万分欣喜，全然没有注意到这一点，笑着轻睨了
他一眼："太好了，不知道它现在是什么样，就算完全没有变
化也很值得高兴，真希望这样的实体书店都不要被迫关闭。"
昊喆闻言点头浅笑表示认同，眼神闪烁着嘉许、坚定，她的怀旧、
执着、一笑一颦，因惊喜的消息就晶晶亮的眸子，都能有令他
有多爱一些她的魔力。

夜 内 书店

如今的小书店相较以前更显大气，虽然书架的格局没有太
大变化，但店里新出现的四张白色咖啡桌，咖啡桌旁各两把相
对的软垫椅，营业时间全天供应咖啡，这些无不显现如今的店主，
将这里打造成咖啡与书籍相结合，方便书友更好地与书籍相会
之地的理念，以及想要更好地经营书店的愿望。昊喆指了指空
着的座位："我去点咖啡，你先去挑几本想看的书。"梦如应
了声"好"，便向一排排书架走去。她如一只飞进森林的快乐
小鸟般在书架间穿梭，感受着书香氛围，在一排与自己的双眼

一并高的书架前，抽出自己想要的书，却与此同时在书架的另一边，看见一双游移在书籍间，却犹在心头的清亮眼眸，梦如怔忪地望着那双眸，讶异、怀念都在眼波中流转，最后在那双清眸主人离开之前，垂眸将所有想要吞噬自己的念想，摒除在思绪之外。再抬眼时归于平静，已无心再寻书的梦如，带着刚挑的书籍回到咖啡桌旁，却不见昊喆的身影。咖啡桌上比之前多出一本翻开的书，摊开的两页之间，静静地矗立着一枚嵌着钻石的戒指正熠熠生辉。梦如没有如同一般收到此种意义深远的礼物时，女生无比激动或感动落泪的情绪，此时的她犹豫着没有伸手拿起那枚戒指，而是抬头寻找昊喆的踪迹。忽而瞥见似曾相识的背影在向门口走去，梦如震惊之余已不由自主地向背影追去……

夜　　外　　书店前

梦如追出书店，四下张望，早已不见那抹熟悉背影，平稳着因急切、期望而促乱的呼吸，闭了闭双眼平复心绪，低眸浅笑嘲弄自己，抬眼时却见一个戴着卡通男孩大头、脚踏超级卡通大鞋的"卡通人物"，正在给路过的行人派发气球加传单，"卡通人物"似乎也注意到了她，戴着异常大手套的"肥手"，将手中的气球递给梦如。她这才发现自己早已不知不觉进入了他的派发范围，梦如伸手想要接过，卡通人物却阴差阳错地比她先一步放手，梦如仰头望着飞走的气球，思绪不可抑制地回

到了过去……

闪回（平行蒙太奇）　　　日　　　外　　　校园，大道

气球缓缓上升，离开了梦如所能夺回它的最佳时机，只能无可奈何地看着它离去直想跺脚。今天是新生入学日，学长学姐们，不时地出现在诺大校园的各个角落，引导着新生学弟学妹各自的教室、宿舍楼以及教务处的方位，有些还派发着气球欢迎着他们。梦如不小心弄丢的那只气球，是刚才那位学姐手中最漂亮的一只，梦如摇着头感叹自己的笨手笨脚，突然好听的男声响起："我这里还有个气球，你要吗？"梦如闻声抬眸，迎接她的是一抹比身后阳光都更为灿烂的笑颜，似乎令秋风都送来了暖意，乌黑的眸子散着澄澈与真诚令人心安，挺直的鼻梁，比其他男生略微白皙的肤色，梦如怔怔地望着眼前的男生，脑海早已一片空白，只余心头小鹿乱撞。男生将气球递给她，梦如如梦初醒地慢慢接过气球，结结巴巴地道谢："谢……谢谢。"男生自然地接过梦如的拉杆箱："请问你现在是要去教务处报到还是要去宿舍？"被他突如其来的举动，闹得心头又一滞的梦如讷讷回答："宿舍，在东宿舍区。"男生露出灿然笑意："那走吧。"一路上，学长向梦如介绍着食堂、足球场、教学楼，一直到女生宿舍楼下，"到咯。好好享受大学时光吧，欢迎你成为我们学校的一份子。"男生道别转身离开，梦如转身欲进入宿舍楼，却又跑出向着不远处男生的背影大喊："学

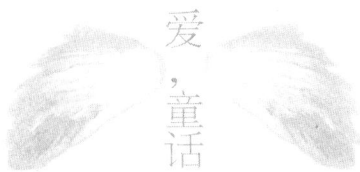

长，我叫钟梦如，念艺术管理系一年级。"男生带着笑意回眸，"我叫尹曜峰，法学系二年级，很高兴认识你。'钟梦如'——我记住咯。"梦如闻言露出因先前志忑而越发高兴的状态，没等曜峰走远便抑制不住欣喜蹦跳出声，随即因顾及路过学生而羞赧掩饰，一溜烟跑进宿舍楼。

（闪回）　　日　　外　　　校园，食堂
（轻快音乐）梦如在曜峰上课的教学楼下等他，曜峰出现，两人甜蜜向食堂走去。梦如将不喜欢的菜统统夹到曜峰碗里，光吃喜欢的菜，曜峰把碗里被迫多出的青菜重新夹回梦如的碗里："乖，要多吃点青菜才会更有营养。"梦如噘嘴："我不喜欢青菜，你怎么又买青菜嘛。""女孩子多吃青菜才会更漂亮。乖，听话。"曜峰继续轻声哄着。梦如拗不过他，皱着眉头将青菜放入口中，曜峰满意地露出阳光笑颜："这么乖，奖励个鸡翅膀。"梦如这才舒眉展颜。

（闪回）　　日　　外　　　校园，长椅
（轻快音乐）梦如坐在校园长椅上看书，曜峰枕着她的双腿躺在长椅上罩着一本书小寐。忽而曜峰拿下遮于面上的书，问道："梦如，你名字的含义是不是寓意'梦能如愿以偿'的意思？""差不多吧。""那你的梦是什么？"梦如注视着曜峰的清眸片刻，忽地莞尔一笑："你猜。"

（闪回）　　　日　　外　　　校园，林荫道

　　梦如与曜峰漫步在校园的林荫道上，两旁的树木郁郁葱葱，走在这里的心情也会莫名变好。但此时的曜峰似乎在思考着什么，梦如俯视了一眼曜峰垂着的手，似乎没有想牵自己的征兆，于是装着一甩手想借机牵起他，然而曜峰却在此时抓了抓头发，令她扑空。翻了翻白眼的梦如决定运用不气馁的精神再接再厉，伸出手直接"扑"向"猎物"，哪知曜峰在这当口抬手看了看时间。等他回过神，发现梦如不知何时已落在身后。只见梦如气鼓鼓地瞪着他："你是故意的！"面对突如其来的指控，曜峰明显愣了愣："啊？""故意装酷！故意不牵我手！知道我想牵你的手故意躲开！现在还故意装作什么都不知道！"曜峰看着此时像只小青蛙似的瞪着圆溜溜的双眼、鼓着腮帮的梦如，听着这一连串的指控，不觉露出好笑的表情。"你还故意笑我！！"梦如脸露微怒。曜峰心下一叹"不好，大小姐真生气了"，忙敛了笑意，上前捧起梦如的双手："要牵手要牵手，牵一只哪够，我牵一双。""哼！不要你牵了。"说着就要挣脱双手，曜峰握得更紧："对不起嘛，我刚才想教授讲的课想得入神了，我错了，我错了。"见梦如依旧用黑眸占比够高的眼睛，望着他透出足以令他无法招架的神情，曜峰再次投降喃喃道："我补偿。"说罢便想吻上她的唇，一阵急躁的咳嗽袭上喉头打破此时的浪漫，令他下意识地放开了梦如的手按上胸口，梦如焦急地轻拍着他的背，想为他缓解咳嗽，终于止住的曜峰抱歉地

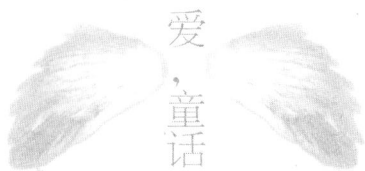

看着梦如，梦如见他已恢复如常，故作娇嗔道："你还真是煞风景唉。"曜峰忙找台阶下："这事儿我按捺不住啊，我们重来！"梦如别过头："不要，气氛都没了。"曜峰立马接口："我们再营造。""不要！"梦如边笑着边往前走，曜峰忙追上她："重来嘛。""不要！"两人如同孩儿般在林间追逐嬉闹。

（闪回）　日　内　　校园，女生寝室

梦如的电脑出现故障，致电曜峰，想让他像平时那样替自己重装一下电脑，但是电话那头却是曜峰冷淡的声音："重装电脑很简单，你该试着学会。我很忙，可能没有空帮你重装。"接着的日子，梦如电话曜峰，他不是已关机就是不接。曜峰也不再等她下课。去他的教室，总被他的同学告知曜峰已先一步离开。致电他的寝室，也总是得到他不在的回答。在他们相恋纪念日之际，她给曜峰发了一条相约初遇时林荫小道的消息。当她盛装打扮，在林荫小道等待他从上午至黄昏，也不见他的踪影时，她明白他放弃了自己。可是没有听到他亲口诉说，总有些不甘心。

（闪回）　日　内　　校园，女生寝室

梦如拖着疲累的身子回到寝室，却在寝室门口听见室友正在八卦自己，

室友 A："你听说了吗？梦如和她男朋友的事。"

室友B：“听说了啊，她男朋友要去欧洲了，听说父母本就在那里，是有钱人家的孩子。”

室友A：“是呀，听说这次回去就是准备结婚的。”

室友B：“唉，梦如还蒙在鼓里呢，真可怜……”

听到此处，梦如飞奔男生寝室楼，不管这个传闻是真是假，她想听他的解释。

（闪回）　　日　　内　　　校园，男生寝室

梦如不顾身份冲向曜峰的寝室。这一次，梦如终于见到了正在整理箱子的尹曜峰。多日不见，曜峰比之前更清瘦了不少。是不是他也如自己一样不想分开，在受着心的煎熬呢？千言万语如鲠在喉，只是静静地站在门口注视着他。曜峰微微有些诧异，又似乎早已做好准备，走出寝室向站在门口的梦如道：“我们换个地方谈。”

（闪回）　　日　　外　　　校园，林荫道

一前一后地来到林荫小道，梦如望着曜峰的背影，将多日来积郁在心口的话问出：“为什么躲着我？”曜峰背对着梦如半晌，慢慢地告诉她：“因为我想通了一些事。”“什么事？”曜峰依然背对着梦如不出声，梦如不再控制情绪，一个箭步跨到曜峰跟前：“你想通了什么事？想通到足以让你背弃我们的感情，去欧洲结婚？”曜峰避开梦如的视线：“我认为我们不

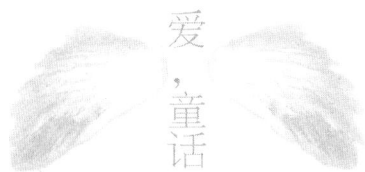

适合。""不适合？你说过没有人比我更适合你，你说过我们会永远在一起，你说过这辈子只爱我，现在你居然用'不适合'这三个字来搪塞我？"面对梦如的质问，看似平静的曜峰轻轻地说："梦如，我们结束了，忘了我吧。""我怎么可能忘了你？！"梦如已泪光闪烁。"曜峰，你不要离开我，我不再任性、不再乱发脾气，你不喜欢的我全都会改，好不好？你不要走！"梦如紧握曜峰臂膀请求他："你曾问过我的梦是什么，我的梦就是和你一直一直在一起。你说过会守护我的梦全部如愿以偿。""梦如……"曜峰想要开口却因一阵咳嗽不得不打断自己的话，剧烈的咳嗽令他按着胸口表情痛苦地直不起腰。梦如见此情形早已不顾两人还在僵持阶段，拍着他的背替他缓解，稍稍平缓咳嗽的曜峰轻轻地告诉梦如："对不起，梦如，看来我要令你失望了。"曜峰将梦如紧握自己的手按下，转身快步离开。秋风送爽却也是树叶离开树枝的时节，梦如的心和泪，也如此时的枯叶一般一直往下坠……

夜　　　外　　　河边桥畔
梦如伸手抚上栏杆，泪已凝于腮，俯视着被风吹拂泛起涟漪的河面，思潮依旧沉于过往。

（闪回）　　日　　　外　　　校园，寝室楼下
西装革履的男子等在寝室楼下，梦如低着头经过他身旁，似乎并未察觉周遭的一切，径直走向宿舍楼。自从曜峰离开，她的世界便一直乌云密布，灰暗的色彩占据她的整个神情。"请问你是钟梦如吗？"男子出声询问。梦如没有回答，只是看着男子点了点头，"这是给你的。"说着将一个信封递给她，梦如疑惑地接过，这是一封没有邮票和邮戳的信，当看见信封上的字迹，梦如不由倒吸一口气，露出一抹轻蔑却又苦涩的笑容，不由自主地尖酸刻薄出声："怎么？他的婚姻生活不幸福，找一个使者来怀念旧情人？"男子似乎料到她的反应解释道："我是曜峰的哥哥，他并没有结婚。""你说什么？"梦如睁大双眼不可置信。"这封信他写得很辛苦，他没打算寄给你，是我擅作主张觉得你应该知道信里的内容，你看了就会明白。"男子转身欲走，"他还好吗？"梦如急切地想知道他的近况。男子淡淡的笑容不同于曜峰的灿烂，却一样有着温暖味道。（背对着梦如，抬头望了望天空），"我想，应该很好。""那他现在在哪里？欧洲？还是回国了？"梦如继续问着。男子的背影顿了顿，没有回身也没有回答，只是提步走远。

（闪回）　　日　　内　　校园，女生寝室

　　钟梦如急急回到寝室甩下包坐上椅子，看着信封却犹豫，害怕信中会出现自己不想面对的内容，但又着急想知道先前杳无音讯的曜峰究竟要对自己说些什么，慢慢地拆开信封，深吸一口气，展信阅读。信中的内容令梦如泛红眼眶，握住信纸的

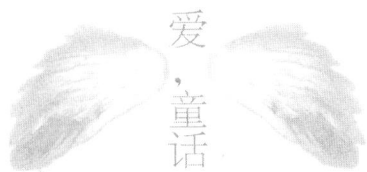

双手也不禁颤抖，连呼吸都变成煎熬。原来悲伤到极致泪水会干涸，梦如握紧双手敲打着自己的脑袋，一切悔恨、怀念、不舍、心痛涌上心头，懊恼自己的误解竟是诀别。

夜　　外　　河边桥畔

已满脸泪痕的梦如站在桥边怅然回首，终于做出了决定，也是曜峰希望的抉择。她回身步入来时的路，向昊喆的方向走去。

夜　　外　　书店前

梦如赶回书店，却已店门紧闭也不见昊喆的身影，梦如失望之际，昊喆的声音在背后响起："我在等你。"梦如回头坚定地迎上昊喆的双眸："对不起，我回来了。"昊喆至梦如跟前："你决定了吗？今生都不能再反悔。""是，我决定了。"梦如微笑着伸出左手，昊喆将戒指套上梦如的无名指，两人十指紧扣着向他们的未来行去……

（配上曜峰信件ＯＳ：梦如，我很想你。原谅我在病床上如此不浪漫的地方给你写这封绝笔信，当你收到这封信的时候，我或许已经离开了有你的这个世界。如果不是被上苍过早地宣布了死亡的期限，我一定不会用这样的方式与你道别；但我又无比感激上苍，在我有限的生命里能与你相爱。请相信，因为有你，我此生已无憾。梦如，在天国的我，一定会找到那个叫丘比特的小天使，拜托他将射向我的箭，重新找到一个比我好十倍，哦，不对，好一百倍的男子来好好爱你、照顾你，一直一直陪伴你完成所有我未能做到的事，让他代替我成为你如愿以偿的梦。梦如，你要忘了我、忘了我们的爱，要勇敢地与未来的他好好地生活下去，因为我只要你过得幸福就好，就让我们的爱随着我一起在你世界里消逝如梦。

对不起，我没能守护你的梦；对不起，无法陪伴你走到人生的尽头；对不起，我只能在天国望着你幸福；对不起，我永远爱你……）

《消逝如梦》编演心声

雪花飘落的美景，是独属于冬日的浪漫。祈盼着能以冬雪与圣诞节为主轴的爱情故事《消逝雪人》，作为毕业作品。但落雪情境的难以表现，使最初的愿望终告无法实现。

几经思考，最终形成了摈弃落雪冬日与圣诞节特殊定义，而着重表现纯真爱情以及对爱忠贞不渝抉择的作品《消逝如梦》。

在这快速发展的时代，似乎爱情、梦想，都注定因现实妥协，芸芸众生，当爱情成为缺憾的主题，还有多少人愿意为爱守候。有太多艰难看似无法逾越的鸿沟，阻碍着爱情的天长地久，于是选择放弃，于是选择逃避，于是选择那个不太爱却很合适的对方共度今生。人生漫漫，总会有个人滞留心底，相濡以沫的彼此，如果正是心中所爱的确幸运至极，而有些人或许只能将此生挚爱怀念到哭泣。

《消逝如梦》，志在唤起人们似乎已遗忘，却一定还存在于心间，对爱最纯真而美好的希冀。

本片末尾，根据监制老师提出的建议，女主角"梦如"最后抱着回忆一个人步入夜色里。这与《消逝如梦》的姐妹篇《消逝雪人》的结局异曲同工；或许，现实中很少有人会选择独自思念着，已阴阳相隔的今生唯一的爱过完余生，或许，这样的结尾对爱此生不渝的诠释过于残忍；但我们想用这样的方式唤醒已被现实温度冻结的人们——爱情是心中那份最初的心动。

　　但在《消逝如梦》的剧本里，我选择保留原本的结尾。这个结尾或许更渗入现实更接地气，每个人的一生都不可能只爱过一个人，所有可以先选择放手离开的，终究不是对的人，曾经所有的错爱，都教会我们更坚定更珍惜真正可以携手与共的这份爱，但愿我们都能幸运地遇见"可以离开，但不愿意离开"的对的人。

　　以话剧《那一年，我们爱过的男孩》中的结局台词，作为《消逝如梦》编演心声的结尾——

　　"有些情，会随时间慢慢消逝；有些回忆，会因光阴渐渐沉淀；而有些人，就如落入心海的一根针，会伴着岁月隐隐作痛……"

后记

继《爱，如此》之后，《爱，童话》也载满着诚意来到您的身边。

本书汇集的是我在上戏编导系求学期间写下的几个微剧本以及毕业之后开始创作的两篇短篇小说。其中《消失雪人》与《消逝如梦》为姐妹篇，《消逝如梦》当年已改拍成毕业作品。同名短篇小说《爱，童话》中的天使灵感来自于为当时的好友拍摄的学生作业，当初便对好友许诺会以"天使"为主角撰写一部短篇小说，如今兑现承诺，言犹在耳，却已芳影无踪。

人生旅途，总有一些人，温柔了你我的某段时光，可转身就已永远。

爱情与友情，本就是从陌生人开始慢慢靠近，如果情谊消失便是重回陌路。或许唯一留下的，最折磨人的其实是记忆；或许我们会希望如小说中"如果离开，请将回忆一并带走"那样减轻煎熬。但我仍觉得，属于曾经情谊的回忆于己都是一份美好的存在。

《爱，童话》在排版装帧期间，也逢曾为此书辛勤批示修改的原劳动报社总编辑、上海作家协会会员忻才良伯伯的忌日。感恩他给予《爱，如此》《爱，童话》的帮助，感恩他给予我的鼓励。

有缘的时候请惜缘，因为不知何时就已走到了缘分的尽头。珍惜缘分珍视情谊，不要等到失去才懂得追悔莫及徒留遗憾。

感恩遇见的每一个人，感恩散落在生命长河中的每一份记忆。

感恩原文汇新民联合报业集团总经理、中国作家协会会员顾行伟伯伯为此书作序，给予我的鼓励与厚望，令我深知在文字的道路上，还要更努力。

带着感恩的心情，将天马行空的思想撰写成文与您分享，但愿喜欢。

葛钟琦

2018 年 8 月 1 日